CRIME À HAVERSTOCK

DAMON ROLOFF

Catalogage avant publication de Bibliothèque et Archives nationales du Québec et Bibliothèque et Archives Canada

McClintock, Norah

[Sins of the father. Français]
Crime à Haverstock
Nouv. éd.
(Collection Atout; 45. Policier)
Éd. originale : c2000.
Pour les jeunes de 12 ans et plus.

ISBN 978-2-89647-122-5

I. Vivier Claudine. II. Titre. III. Titre : Sins of the father. Français.
IV. Collection : Atout; 45. V. Collection : Atout. Policier

PS8575.C62S5614 2008   jC813'.54   C2008-940226-X
PS9575.C62S5614 2008

Les Éditions Hurtubise HMH bénéficient du soutien financier des institutions suivantes pour leurs activités d'édition :

– Conseil des Arts du Canada;
– Gouvernement du Canada par l'entremise du Programme d'aide au développement de l'industrie de l'édition (PADIÉ);
– Société de développement des entreprises culturelles du Québec (SODEC);
– Gouvernement du Québec par l'entremise du programme de crédit d'impôt pour l'édition de livres.

Conception graphique : fig. communication graphique
Illustration de la couverture : Yayo

Copyright © 2000, 2008, Éditions Hurtubise HMH ltée

ISBN : 978-2-89647-122-5 (version imprimée)
ISBN : 978-2-89647-736-4 (version numérique PDF)

Dépôt légal : 1er trimestre 2008
Bibliothèque et Archives nationales du Québec
Bibliothèque et Archives Canada

Diffusion-distribution au Canada : Diffusion-distribution en Europe :
Distribution HMH   Librairie du Québec/DNM
1815, avenue De Lorimier   30, rue Gay-Lussac
Montréal (Québec) H2K 3W6   75005 Paris FRANCE
www.distributionhmh.com   www.librairieduquebec.fr

Imprimé au Canada

www.editionshurtubise.com

NORAH McCLINTOCK

CRIME À HAVERSTOCK

Norah McClintock mène une vie bien remplie, à Toronto, entre son travail d'éditrice pour le journal d'un organisme de bienfaisance et ses activités familiales, en particulier avec ses deux filles. Et puis il y a l'écriture ! « J'aime écrire, dit-elle, parce que j'adore lire. » Ce sont deux enseignants qui lui ont communiqué, alors qu'elle était encore toute jeune, cette passion pour l'écriture et la lecture.

Norah est née à Montréal. Elle est diplômée en histoire de l'Université McGill. Elle a reçu trois fois le prix Arthur Ellis qui récompense le meilleur roman policier pour la jeunesse pour *Sins of the father* (*Crime à Haverstock*, Atout, n° 45) *Mistaken Identity* (*Fausse identité*, Atout, n° 25) et *The Body in the basement* (*Cadavre au sous-sol*, Atout, n° 34).

Claudine Vivier est traductrice professionnelle depuis 1985. Déjà finaliste pour le prix du Gouverneur général dans le domaine de la traduction d'essais, elle aborde maintenant la traduction de fiction. Claudine fait aussi des révisions de textes pour des éditeurs et divers organismes.

1

— Où va-t-on ? Pourquoi es-tu si pressé ?

Cela devait faire cent fois que Mick posait la question. Il aurait tout aussi bien pu s'adresser en latin à un nouveau-né. Dan ne répondait pas.

— Dépêche-toi. Il faut filer d'ici. On n'a pas de temps à perdre.

Mick fourra donc un jeans, des t-shirts, des chaussettes propres et des sous-vêtements de rechange, un chandail et son blouson dans un sac de sport en nylon. Profitant du fait que Dan ait le dos tourné, il y glissa la petite boîte en fer blanc qu'il emportait partout avec lui depuis maintenant six ans. Il referma le sac et se laissa entraîner hors du logement exigu.

Il y avait au moins une bonne chose dans tout ça, songea Mick en regardant Dan donner un tour de clé dans la serrure. Il ne sentirait plus l'odeur tenace et envahissante du pepperoni et de la sauce tomate qui montait de la pizzeria du rez-de-chaussée. Elle lui coupait l'appétit — ce qui était un vrai crime, dans son cas.

— Donne-moi au moins un indice, reprit Mick, tandis que Dan le poussait dans l'escalier. On quitte la ville ?

Pas de réponse.

— On file vers la frontière ?

Silence.

Pourquoi s'étonner ? C'est à Dan qu'il avait affaire, après tout. Mais quand même... un gars a le droit de savoir dans quel coin on a décidé de le planquer. Surtout quand c'est si pressé. Tout comme il avait le droit de savoir pourquoi Dan avait eu l'air si inquiet en vérifiant si le gaz était bien fermé et la machine à café débranchée, pourquoi il avait sursauté au moindre bruit — des pas dans le couloir, le claquement d'une portière de voiture dans la rue.

Dan jeta le sac de Mick dans le coffre arrière de la vieille Chevy qu'il avait achetée pour quelques centaines de dollars au pro-priétaire du garage où il travaillait. D'un geste impatient, il ordonna à Mick de monter et écrasa l'accélérateur sans même lui laisser le temps d'attacher sa ceinture.

— C'est ça, commenta Mick. Fais-toi pincer pour excès de vitesse. Même moi, je conduis mieux que ça.

Dan lui jeta un regard caustique.

— Ah oui ? Et depuis quand conduis-tu ? Tu n'as même pas seize ans.

— Je les aurai dans deux mois.

— Alors tu pourras critiquer les autres. En attendant, c'est moi qui tiens le volant, et je n'ai pas besoin de commentaires.

Mick fit la moue.

— On s'en va à l'aéroport, c'est ça ? Et demain matin, on sera à Hawaï ou dans le golfe du Mexique en train de faire du surf ou de la plongée ?

— Je te l'ai dit, il faut qu'on se mette au vert pour quelque temps, répondit Dan.

— D'accord. *On* doit se mettre au vert. Et qu'est-ce qu'*on* a fait ? *On* s'est encore fourré dans le pétrin ?

Dan lui jeta un regard noir. La voiture s'engagea vers la voie express.

— Fais donc attention à ce que tu dis. Ça peut taper sur les nerfs.

— Et c'est pour ça qu'*on* accélère ?

— Écoute, Mick, je ne peux rien te dire de plus. Mais c'est juste pour quelques jours. Une semaine tout au plus.

Le sujet était clos. Mick s'appuya contre le dossier de vinyle craquelé de son siège, en se demandant pourquoi il s'était attendu à autre chose. Dan était un récidiviste, après tout. Daniel Standish, son père, était en prison au moment de sa naissance. « Ce n'est pas de sa faute », lui avait toujours répété sa mère. « Il n'a rien fait. Toute cette histoire est une erreur. »

Peut-être était-ce vrai... la première fois, pensa Mick. Mais six mois après sa remise en liberté, Dan était retourné derrière les barreaux. En tout, il avait purgé trois peines de prison. Et s'il ne se trompait pas, cette fuite vers une destination inconnue en annonçait une quatrième. Il tourna la tête pour regarder les autos, les bus et les gros semi-remorques qui filaient devant eux, en se répétant ce qu'il se répétait toujours quand il s'agissait de Dan : je m'en moque.

Dan était un bon à rien, le pire père qu'on puisse imaginer. Quatre mois plus tôt, quand il avait été remis en liberté, monsieur et madame Davidson — Bruce et Janine, comme ils voulaient que Mick les appelle —

avaient semblé encore plus catastrophés que Mick en apprenant la nouvelle.

— Ça va peut-être marcher, cette fois, avait dit Janine.

C'était une femme menue aux bras couverts de taches de rousseur. Quand elle souriait, ce qui arrivait souvent, Mick se sentait aimé, en sécurité.

— Tu connais l'adage, Mick, la troisième fois est la bonne...

— Et si ça ne marche pas, avait ajouté Bruce, je ne veux pas dire que ça ne marchera pas, comprends-moi bien. C'est ton père, Mick, et je sais qu'il t'aime, mais si jamais ça ne marche pas, tu sais que tu es chez toi, ici. Tu le sais, mon fils, n'est-ce pas ?

Quand Bruce Davidson l'appelait « mon fils », Mick sentait son cœur se serrer. Bruce ressemblait à un papa de feuilleton télévisé. On pouvait toujours compter sur lui pour une partie de balle ou pour vous emmener de bonne heure à une séance d'entraînement de hockey, ou encore pour une conversation d'homme à homme sur les notes à l'école ou sur les filles.

— Je sais, avait répondu Mick.

Il avait pleuré au moment de quitter les Davidson. Jamais il ne pleurait quand il était séparé de Dan. Et pendant les quatre derniers mois, il avait retenu son souffle, attendant que Dan fasse le faux pas qui déclencherait l'intervention des services de protection de la jeunesse et le renverrait, lui, dans la chambre d'en arrière de la maison des Davidson, dans l'ouest de la ville. Et c'est ce qu'il espérait, la moitié du temps.

Jusqu'ici, Dan n'avait pas fait de gaffe. Il avait gardé son emploi de mécanicien dans un garage très achalandé situé à dix minutes de l'appartement. Et il n'avait pas retouché à l'alcool. Il rentrait tous les soirs préparer le souper et, après sa douche, emmenait Mick au cinéma ou manger une crème glacée, ou encore jouer au football dans le coin. Comme si, cette fois-ci, il faisait vraiment un effort.

Dan donna soudain un coup de volant et Mick fut projeté contre la portière. La Chevy se rabattit brusquement vers la droite et traversa quatre voies pour se diriger vers une sortie. Mick jura tout bas et desserra la ceinture de sécurité toute râpée qui l'avait maintenu contre le siège.

— Et le clignotant ? Tu ne sais pas ce que c'est ? marmonna-t-il.

Cramponné au volant, Dan n'écoutait pas. Il jeta un coup d'œil de côté et donna un nouveau coup de volant, aussi brutal que le premier. Mais cette fois, Mick le vit venir et s'accrocha au siège. Ils avaient quitté l'autoroute à présent et se dirigeaient vers le nord, sur une route à deux voies. Pendant quelques kilomètres, Dan conduisit en fixant davantage le rétroviseur que la route. Puis, il fit un signe de tête — à quoi, à qui? se demanda Mick —, tourna brutalement plusieurs fois pour finalement reprendre la direction de l'autoroute.

— Mais bon sang, qu'est-ce que...? commença Mick.

Il renonça à poursuivre. À quoi bon poser des questions quand on sait qu'il n'y aura pas de réponse? Peut-être qu'en dépit des apparences, Dan n'essayait pas du tout de s'amender. Peut-être qu'en cette minute précise, il était en train de commettre une nouvelle gaffe. Si c'était effectivement le cas, Mick se demandait comment il allait réagir : serait-il ravi de retourner chez les Davidson ou se sentirait-il idiot d'avoir fait cette promesse à sa mère et d'avoir cru, ne serait-ce qu'un moment, que Dan tenait assez à lui pour ne pas se mettre une fois de plus dans le pétrin?

N'y pense plus, se dit-il, en regardant défiler le paysage. Les tours de béton et les lotissements sans arbres cédaient la place aux champs, aux granges et aux silos à grain. N'espère rien, et tu ne seras jamais déçu.

— Peux-tu au moins me donner une petite idée de l'endroit où on va? demanda-t-il. Quand *on* part en vacances, *on* aime bien savoir un peu à quoi s'attendre.

Ils filaient sur l'autoroute à présent, en direction de l'est.

— On s'en va à la ferme, répondit Dan.

Comme s'il n'y en avait qu'une au monde. Mick avait l'impression d'en voir défiler des douzaines de chaque côté de la route.

— *La* ferme?

— Haverstock, répondit Dan.

Il ne s'y attendait pas. Dan avait finalement réussi à le surprendre.

— Tu veux dire, le coin d'où venait Maman?

Dan hocha la tête.

— Et d'où je viens, moi aussi.

Il se tut mais, cette fois, Mick ne s'en formalisa pas. Quoi qu'il arrive, cela risquait au moins d'être intéressant. Il n'avait jamais mis les pieds à Haverstock, même s'il y avait de la famille. Enfin, il allait savoir pourquoi sa mère devenait blanche comme un drap en voyant ce nom sur le cachet de la poste. Et peut-être découvrirait-il pourquoi elle lui avait confié un jour que pour rien au monde elle ne retournerait là-bas, même si on lui promettait un million de dollars ou si on braquait un pistolet chargé sur elle. Il s'enfonça plus confortablement dans son siège, ferma les yeux et, plutôt que de harceler Dan de questions qui risquaient fort de rester sans réponse, il préféra s'endormir.

Il se réveilla en sursaut, soudain conscient de l'immobilité de la voiture. Une odeur âcre envahit ses narines, qu'il ne parvint pas à identifier. Quelque chose de vieux... de pourri? Une odeur de mort? Tout ça à la fois, peut-être. L'éclat du soleil lui fit plisser les yeux. Il essaya de concentrer son regard sur les deux hommes dont la silhouette se profilait devant la voiture, garée à présent dans une allée en forme de U devant un minuscule bungalow recouvert de bardeaux gris. L'un des deux était Dan, grand et mince dans son jeans et son t-shirt noirs. L'autre, celui à qui Dan parlait, était aussi grand, mais il avait la taille épaissie et les cheveux blancs. Un vieil homme. Un vieil homme acariâtre. Qui jeta un œil mauvais à Dan, puis lorgna la voiture d'un air méchant quand Mick s'extirpa du siège avant de la Chevy.

— Tu crois qu'il te suffit de te pointer comme ça pour demander des faveurs ? cracha le vieil homme à l'adresse de Dan.

Celui-ci s'écarta soudain pour se diriger vers la voiture. Pendant quelques secondes, Mick crut qu'il allait prendre le volant et repartir. Mais non. Dan fit le tour de la voiture, ouvrit le coffre et en retira le sac de Mick. Puis il revint sur ses pas et laissa tomber le sac aux pieds du vieil homme.

— Tu peux être sûr que si j'avais eu le choix, je ne serais pas venu ici, lança-t-il. Ça ne sera pas long. Deux jours peut-être.

Il se tourna vers Mick et lui fit signe de la main.

— Viens, Mick. Je veux te présenter quel-qu'un. Ton grand-père, le vieux Bill.

Il se tourna vers le vieil homme.

— Que tu le veuilles ou non, Papa, c'est ton petit-fils. Tu vas lui tourner le dos, à lui aussi ?

Le vieil homme le toisa méchamment quelques secondes avant de reporter son attention sur Mick, qu'il étudia de ses yeux pâles. Il hocha la tête brusquement.

— C'est le tien, pas de doute, se contenta-t-il de dire.

— Deux jours, reprit Dan. C'est tout ce que je te demande.

Il se dirigea vers la voiture en faisant tinter son trousseau de clefs. Avant que Mick ait pu comprendre ce qui se passait, il avait pris le volant et mis le contact.

— Attends, hurla Mick en se précipitant vers la Chevy. Tu ne vas pas me laisser ici!

— Deux jours, Micky, répondit Dan. Je reviens te chercher dès que je peux.

Mick jeta un coup d'œil derrière lui. Vers le vieil homme aigri. Pas question de moisir ici. Le vieux bouc risquait de l'assassiner dans son sommeil.

— Je ne reste pas ici! lança-t-il en s'accrochant des deux mains au rétroviseur extérieur pour montrer qu'il ne plaisantait pas.

— Tu n'as pas le choix, petit, répondit Dan.

Il appuya sur l'accélérateur et l'auto bondit en avant, arrachant presque le bras de Mick, qui lâcha prise.

— Quelques jours, lui lança Dan, tandis qu'il faisait demi-tour pour reprendre la route. Une semaine tout au plus. Je te le promets.

Une seconde plus tard, il avait disparu, ne laissant derrière lui qu'un nuage de poussière. Mick se retourna vers le vieil homme confit de rancœur et d'amertume. Plus jamais, pensa Mick. Plus jamais je ne ferai confiance à Daniel Standish. Même si je deviens aussi ratatiné que ce vieux bouc. Même si on m'offrait un million de dollars ou si on braquait un revolver chargé sur moi.

Le vieux Bill Standish ne correspondait pas exactement à l'idée du grand-papa gâteau ravi de rencontrer un petit-fils inconnu. Il semblait plutôt furieux en regardant l'antique Chevy noire reprendre la route. Il la suivit des yeux jusqu'à ce qu'elle soit hors de vue. Puis il tourna la tête vers Mick. Son expression ne s'était en rien adoucie. Il jeta un regard mauvais vers le sac de sport qui gisait à ses pieds sur le gravier.

— Tu ferais mieux d'emporter tes affaires à l'intérieur, lança-t-il d'un ton glacial.

Il tourna les talons et se dirigea d'un pas traînant vers la maison. Mick attrapa son sac et le suivit.

La maison du vieux Bill semblait bien petite pour contenir un homme de sa carrure. Ils entrèrent dans un salon-salle à manger en forme de L. Le dessus de la cheminée de pierre, qui occupait tout un mur du salon, était encombré de photos encadrées. Mick en chercha une de Dan, sans succès. Il aperçut, attenante à la salle à manger, une minuscule cuisine. Une salle de bains et deux petites chambres à coucher complétaient le logement, l'une donnant sur la route et l'autre sur la cour arrière. Le vieil homme ne fit pas un geste pour indiquer à Mick une chambre et ne l'invita pas non plus à s'asseoir dans l'un des fauteuils du salon. Il se dirigea directement vers le téléphone et composa un numéro.

— Tu ferais mieux de venir tout de suite, se contenta-t-il de lancer à son interlocuteur.

Il raccrocha. Tout en attendant le mystérieux correspondant, il se remit à examiner Mick de la tête aux pieds. Et ce qu'il voyait ne semblait guère l'enchanter.

Mick commençait à ne plus savoir où se mettre quand il entendit des pas. La porte de la petite maison s'ouvrit brusquement. L'homme qui entra jeta un bref regard sur

Mick et lâcha un ou deux jurons qui auraient scandalisé sa mère.

— Dan était ici, annonça le vieil homme.

Le visiteur, un homme trapu dans la quarantaine dont le visage avait quelque chose de familier, dévisagea Mick avec un regain d'intérêt.

— Danny ici? Quand?

— Il y a quelques minutes. Il m'a laissé le gamin et il est reparti.

Mick se sentit insulté. Le vieil homme parlait de lui comme s'il n'était qu'un vulgaire sac d'ordures.

Le nouveau venu tourna autour de Mick avec méfiance.

— Comment tu t'appelles, fils? demanda-t-il d'un ton plus aimable que celui du vieil homme.

Mick le lui dit.

L'homme secoua la tête, comme s'il ne savait pas trop comment prendre la nouvelle.

— Content de te rencontrer, Mick, dit-il enfin. Je suis ton oncle Jim.

Mick ne réagit pas.

— J'ai l'impression que tes parents n'ont pas gaspillé beaucoup de salive à te parler de nous. Je me trompe?

— Je savais que j'avais de la famille ici, répondit Mick.

Ces gars-là semblaient privilégier l'approche directe, le genre à aimer distribuer les coups. Mick voulut savoir à quel point ils pouvaient en encaisser.

— Maman ne m'a jamais parlé de vous, fit-il. Elle disait que personne dans ce coin ne valait que l'on gaspille de la salive.

Si oncle Jim fut insulté, il n'en laissa rien paraître.

— Ta mère n'a jamais été très forte pour entretenir le contact, dit-il. Ton père non plus, d'ailleurs. Qu'est-ce qui l'a fait changer d'avis en t'amenant ici ? C'est vrai ce que dit Bill ? Qu'il est venu ici pour se débarrasser de toi ?

— Non ! protesta Mick.

C'était étrange de défendre Dan, de se rebiffer à sa place. Mais il n'avait pas le choix. Ne rien dire, c'était avoir l'air d'un imbécile incapable de s'occuper de lui-même ou d'un naïf qui s'était laissé embobiner par Dan.

— Il avait quelque chose à faire. Il va revenir dans deux ou trois jours.

Les deux hommes échangèrent un regard. Oncle Jim baissa les yeux vers le sac de sport qui gisait au milieu de la pièce.

— C'est à toi ? demanda-t-il.

Mick hocha la tête.

— Viens avec moi. On va te trouver un endroit où t'installer.

Ils sortirent de chez Bill et traversèrent une cour aussi vaste qu'un champ jusqu'à une maison trapue en pierre grise située au bout d'une rangée de cèdres.

— Les filles n'auront qu'à se serrer un peu. Tu vas prendre la chambre de Lucy, reprit oncle Jim en enjambant deux par deux les marches de la galerie. Elles n'en mourront pas de partager la même chambre pendant quelques jours.

Une femme, debout devant la cuisinière, se retourna quand ils entrèrent dans la cuisine. Elle jeta un regard sur Mick, poussa un cri et laissa tomber la tarte qu'elle venait de sortir du four et qui s'écrasa à ses pieds. Une tarte aux bleuets, à en juger par la couleur des dégâts.

Oncle Jim lâcha un autre chapelet de gros mots que la mère de Mick aurait trouvés tout aussi inacceptables.

— Ne fais pas attention à ta tante Charlene, dit-il. C'est sa façon de te souhaiter la bienvenue.

Tante Charlene, occupée à nettoyer le désastre avec un vieux torchon, leva vers eux un visage cramoisi.

— Il ressemble tellement à...

— ... à son père, coupa oncle Jim. C'est le petit de Dan.

Le visage de tante Charlene, de rouge qu'il était, devint blême.

— Dan ? Dan est ici ?

— ... était ici, corrigea oncle Jim dont le calme tranchait sur l'agitation anxieuse de sa femme. Mick va rester chez nous un jour ou deux, Charlene. Je vais lui montrer la chambre de Lucy pour qu'il s'installe. Et je parie qu'ensuite, il ne refusera pas de se mettre quelque chose sous la dent. Pas vrai, Mick ?

Mick avait l'estomac dans les talons. Midi était déjà loin, et il n'avait rien avalé depuis le beignet et le café que Dan lui avait plantés sous le nez après l'avoir sorti du lit un peu après l'aube. Il acquiesça d'un signe de tête.

— Mais il devra se passer de tarte, j'en ai peur, ajouta l'oncle Jim en grimaçant un sourire.

Mick le suivit jusqu'au premier étage. Il ignorait ce qui avait bien pu effrayer tante

Charlene à ce point, et regrettait cet incident. Cette tarte sentait vraiment bon.

Mick fit une rapide toilette, se donna un coup de peigne et redescendit dans la cuisine, qu'il trouva remplie de monde. En plus d'oncle Jim et de tante Charlene, il y avait là deux fillettes, beaucoup plus jeunes que lui. Le vieux Bill était là aussi, ainsi qu'un autre homme, une femme et deux garçons — des hommes, en fait, qui devaient avoir au moins 18 ou 19 ans. Oncle Jim prit les choses en main et fit les présentations : les cousines Lucy et Penny, l'oncle Buddy et la tante Anne, et leurs fils, Andy et Peter. Tous regardaient Mick engouffrer le poulet frit et la salade de pommes de terre que tante Charlene avait posés devant lui.

— Comme ça, Danny est venu ici, commença oncle Buddy. Il est arrivé, s'est débarrassé du gamin et il a filé. Est-ce que je me trompe ?

— Tu ne peux pas mieux dire, répondit le vieux Bill. Reste à savoir ce que nous allons faire de lui.

Tous les adultes tournèrent les yeux vers Mick, qui ne savait plus où se mettre. Affamé comme il était, il s'était précipité sur le poulet de tante Charlene et un peu de nourriture lui était restée collée au menton. Il l'essuya avec la serviette en papier.

— Vous n'avez pas à vous en faire, dit-il. Dan a dit qu'il allait revenir, et il reviendra.

Oncle Buddy le regarda comme s'il était un martien.

— Tu ne connais pas très bien ton père, n'est-ce pas ?

— Comment veux-tu qu'il le connaisse ? coupa oncle Jim. Depuis quinze ans, Danny a passé plus de temps en prison qu'en liberté.

Il sourit gentiment à Mick.

— Ne t'en fais pas. On va s'occuper de toi.

Mick posa l'os de poulet qu'il tenait à la main.

— Je peux m'occuper de moi tout seul, répondit-il du ton le plus assuré qu'il put.

De toute évidence, ces gens-là ne portaient pas Dan dans leur cœur. Et ils semblaient tout aussi contrariés par la présence de Mick. Mais c'était réciproque. Mick n'avait pas plus envie d'être ici qu'eux avaient envie de l'avoir sur les bras.

— Donne-moi l'argent pour le billet d'autobus, et tu ne m'auras plus dans les pattes, dit-il à son oncle Jim.

Celui-ci se mit à rire et fit le geste de prendre son porte-monnaie dans sa poche arrière de pantalon. Mais tante Charlene, les yeux hagards, lui attrapa le poignet.

— Ne fais pas ça. Sois gentil avec lui, dit-elle d'un ton presque suppliant en lui agrippant le bras. Tu sais bien que ce n'est pas de sa faute.

Oncle Jim fit un geste pour se libérer, comme un gros chien qui cherche à se débarrasser d'un chiot envahissant. Il se remit à rire, d'un rire qui sonnait faux, sans que Mick pût savoir pourquoi.

— Bien sûr que tu es le bienvenu ici, Mick, dit l'oncle Jim. Un jour ou deux, une semaine, un mois, ça m'est vraiment égal. Tu fais partie de la famille.

Mick regarda son oncle, puis sa tante. Il y avait quelque chose qui clochait entre ces deux-là, mais ça ne le regardait pas. Il ne les connaissait pas, et d'après ce qu'il avait pu voir jusqu'à présent, il ne risquait guère de les aimer. Mais sans argent, quel choix avait-il? Il se donnait un jour, peut-être deux. Ensuite, s'il le fallait, il rentrerait chez lui en auto-stop et verrait, une fois là-bas, ce qu'il pourrait faire.

L'odeur du poulet frit lui chatouillait les narines. Pas de doute, sa tante Charlene savait cuisiner. Presque aussi bien que Janine Davidson. Rester une ou deux journées de plus ici n'allait pas le tuer. Il se resservit du poulet.

2

Étendu dans le lit de sa cousine Lucy, entre des draps roses tout propres, Mick regardait par la fenêtre la lune accrochée dans le ciel, juste au-dessus du toit de la grange. Sur sa poitrine était posée une boîte de métal qui avait autrefois contenu des chocolats, et qui renfermait à présent tous ses souvenirs. Elle était ouverte.

Mick fourragea dans la boîte pour en sortir ses trésors. Une broche en camée qui avait appartenu à son arrière-grand-mère et que sa mère portait dans certaines occasions — les audiences de la commission des libérations conditionnelles et les rencontres avec les avocats. Une paire de boucles d'oreilles en perles délicatement montées sur or. Une montre de femme au bracelet de cuir usé. Un petit flacon noir qui avait contenu le parfum préféré de sa mère, mais qui ne sentait presque plus rien. Un de ces jours, Mick dévisserait le bouchon et il n'y aurait plus trace de ce parfum associé dans sa mémoire au visage de sa mère, à sa peau douce et à son sourire tendre.

Il passa en revue une douzaine de photo-graphies — sa mère à l'adolescence, sa mère et son père ensemble avant leur mariage, sa mère et lui-même quand il était petit ; elle, vêtue d'un uniforme de serveuse et lui, d'une salopette de toile. Il sortit aussi de la boîte une petite liasse de lettres attachées par un élastique, la plupart dans les longues enveloppes de format administratif. Trois d'entre elles, arrivées après la mort de sa mère, demeuraient pour lui un mystère. Y étaient écrits le nom et l'adresse de sa mère en gros caractères noirs, sans adresse de retour. Toutes les trois portaient le cachet du bureau de poste d'Haverstock et chacune contenait un mandat de 50 dollars non encaissé.

Un souvenir... Mick a six ou sept ans. Il dégringole les escaliers jusqu'à la rangée de boîtes aux lettres, au rez-de-chaussée, et prend le courrier dans la boîte qui porte le nom des Standish. Des factures. Et une lettre. Son cœur se serre à la vue des gros caractères noirs. Le visage de sa mère se rembrunit chaque fois qu'une de ces enveloppes arrive. Elle ne l'ouvre jamais tout de suite, et la pose sur le réfrigérateur, hors de vue ; pendant plusieurs jours, et parfois même une ou deux semaines, elle n'y touche pas. Mais elle finit toujours par aller la chercher. Les yeux remplis de tristesse, elle glisse un ongle sous le rabat de l'enveloppe pour l'ouvrir. Elle fixe le contenu pendant quelques secondes avant de le ranger dans son porte-monnaie.

Couché dans le lit de sa cousine Lucy, plongé dans ses souvenirs, Mick prit le paquet de lettres et le flaira longuement. Mais cela faisait trop longtemps. Il ne restait plus rien du parfum de sa mère. Mick s'était toujours demandé qui pouvait ainsi envoyer de l'argent. Ce devait être oncle Jim, pensa-t-il. Oncle Jim ne semblait pas aussi dur que les autres. Ou peut-être tante Charlene, avec ses yeux pâles toujours inquiets. Peut-être s'était-elle fait du souci pour la mère de Mick et avait-elle voulu lui donner un coup de main. À coup sûr, ce n'était pas oncle Buddy, un gars taillé comme une armoire, qui n'avait cessé de déblatérer contre Dan en répétant que ça lui ressemblait bien de refiler ses problèmes aux autres sans même prendre le temps de dire merci.

Le vieux Bill s'était montré encore pire. « Danny a toujours su se défiler, avait-il dit d'un ton méprisant. Il n'a jamais pu admettre ses erreurs, jamais su assumer la moindre responsabilité. »

Tante Anne, la femme d'oncle Buddy, n'avait pas eu l'ombre d'un sourire tout le temps qu'elle l'avait regardé manger. Elle n'avait pas dit un mot non plus, si Mick se souvenait bien, et n'avait cessé de s'agiter et de servir du café à son mari, à oncle Jim et au vieux Bill, même si elle n'était pas chez elle.

Tante Charlene était restée silencieuse, elle aussi. Chaque fois que Mick avait levé les yeux, il avait rencontré son regard fixé sur lui. Le regard de quelqu'un qui voit un fantôme.

Mick espérait que Dan ne lui avait pas raconté des histoires et qu'il allait revenir vite, parce qu'il n'était pas question qu'il s'éternise ici. Mais il ne pouvait s'empêcher de penser que ces gens-là avaient peut-être raison, que Dan s'était *vraiment* débarrassé de lui comme d'un vulgaire sac de déchets et comptait bien ne jamais revenir.

Mick fut réveillé par une odeur de bacon, d'œufs frits et de café, et par les voix perçantes d'enfants qui jouaient dans la cour.

Les yeux encore embrumés de sommeil, ébloui par le soleil matinal, il se leva péniblement et se dirigea en titubant jusqu'à la fenêtre. En bas, ses deux cousines, Lucy et Penny, se poursuivaient en poussant des cris aigus. On se serait cru dans une cour d'école à l'heure de la récréation. Mick avait toujours entendu dire que les filles étaient plus tranquilles et moins bruyantes que les garçons, mais à en juger par les deux chats sauvages qui se pourchassaient autour d'une jardinière de géraniums, ce n'était qu'une idée fausse. Il s'efforça de lire l'heure à la pendule posée sur la commode. Sept heures dix. Que faisaient ces petites filles à courir comme ça, en hurlant à réveiller les morts, à sept heures du matin ?

Il enfila son jeans, passa un t-shirt, chaussa ses souliers de course et descendit l'escalier.

Tante Charlene, debout devant l'évier de la cuisine, sursauta si violemment que, pendant une terrible seconde, Mick crut qu'elle allait lâcher la pile d'assiettes qu'elle s'apprêtait à plonger dans l'eau savonneuse.

— Te voilà debout de bonne heure, dit-elle.

— Je dois pourtant être le dernier levé, répondit Mick.

— C'est vrai. Mais on a préféré te laisser dormir. Je suis sûre que tu n'as pas l'habitude de sortir du lit à l'aube pour aller traire les vaches.

Tout juste.

L'odeur du bacon lui mettait l'eau à la bouche, et il se demanda comment aborder la question du déjeuner.

— Eh bien, assieds-toi, lui dit sa tante en le poussant vers la table. Je vais te préparer quelque chose. Comment aimes-tu tes œufs ?

Mick cligna des yeux. Parlait-elle sérieusement ? Il pouvait vraiment choisir ?

— Au plat ? hasarda-t-il.

— Retournés ?

Il sourit.

— Au plat, c'est parfait.

Tante Charlene secoua la tête.

— Je n'arrive pas à m'y faire, tu sais, reprit-elle. La ressemblance est si frappante, ça donne le frisson.

Ressemblance ? De quoi parlait-elle ?

— Quand tu es entré hier, je n'en croyais pas mes yeux. J'avais l'impression de retourner quinze ans en arrière. Tu es le portrait exact de ton père.

Mick haussa les épaules.

— Je n'ai pourtant pas l'impression de lui ressembler, dit-il.

Mais ce n'était pas la première fois qu'il entendait ce discours. Sa mère lui avait maintes fois répété la même chose.

Mick était en train d'avaler ses œufs, accompagnés de bacon croustillant et de rôties beurrées, quand oncle Jim entra, arrivant de la grange.

— Ah, te voilà debout, fit-il avec un large sourire, tout en se servant une tasse de café qu'il agrémenta d'une généreuse cuillerée de sucre. Veux-tu venir faire un tour ? Je vais te montrer les lieux.

— Pourquoi pas ? répondit Mick en haussant les épaules.

Il essuya le reste de jaune d'œuf avec un morceau de pain, puis alla déposer son assiette dans l'évier, à la surprise de tante Charlene.

— Merci, lui dit-elle.

Mick suivit oncle Jim à l'extérieur. Ils traversèrent une route goudronnée pour aller emprunter un chemin de l'autre côté. Oncle Jim souleva le loquet d'une large barrière grillagée, qu'il entrouvrit. Il laissa passer Mick, se faufila à son tour de l'autre côté et referma la barrière derrière lui. Ils s'engagèrent sur le chemin de terre. Oncle Jim marchait d'un pied sûr, tandis que Mick trébuchait dans les ornières. Il planta même son soulier dans une bouse de vache toute fraîche. Le chemin était bordé de chaque côté par des clôtures de fil de fer. Dans le grand champ à leur gauche paissaient deux douzaines de vaches noires et blanches. À droite, pas de bétail en vue. Plus loin, au-delà d'une autre clôture, Mick remarqua que les champs avaient été labourés et qu'il y poussait des choses qu'il ne put identifier.

— Ça sent bon, l'air de la campagne, hein ? lança oncle Jim.

Mick inspira à pleins poumons. L'air de la campagne sentait affreusement le purin.

— Je parie que tu ne respires jamais un air comme ça en ville.

Tout dépendait du quartier où on habitait, songea Mick, et de la saison, et du prochain jour de ramassage des ordures.

— Depuis des générations, la famille Standish élève des vaches et cultive le maïs et les haricots, reprit oncle Jim. Les terres qu'exploite ton oncle Buddy lui ont été léguées par ton grand-père. Cela fait 150 ans que les Standish sont installés ici.

De toute évidence, il en tirait une grande fierté. Mick regarda les champs autour de lui en se demandant comment on pouvait décider de s'enraciner à tout jamais sur quelques hectares de terre. Les Standish n'avaient-ils aucune imagination ? Ne ressentaient-ils jamais le besoin d'aller voir ce qu'il y avait derrière l'horizon ?

— Et toi ? demanda Mick, plus par politesse que par véritable intérêt. As-tu hérité de terres, toi aussi ?

Après tout, de la terre, c'est de la terre. Mick ne voyait pas ce qui pouvait différencier un lopin d'un autre — partout les mêmes étendues plates, hérissées d'herbes et jonchées de bouses de vache.

Oncle Jim secoua la tête. Il s'adossa à un piquet de clôture et scruta le champ où étaient éparpillées des vaches.

— J'ai travaillé fort pour acquérir ces champs, expliqua-t-il. Après le collège d'agriculture, j'ai dû prendre trois emplois en même temps pour amasser l'argent du versement initial. Ensuite, j'ai continué à travailler à la conserverie, à Saint-Paul, pour pouvoir rembourser. Les hypothèques, ça peut te tuer, et les banques ne facilitent pas la tâche aux agriculteurs qui débutent.

La plupart des gens triment vraiment dur, par ici. On n'a pas le choix. Les vaches, il faut les traire deux fois par jour, sept jours par semaine, et quand les récoltes sont prêtes, il faut être prêts, nous aussi. Il y a toujours du travail à faire, ça n'arrête pas. À l'époque, quand je travaillais à la conserverie pour essayer de payer ces terres, je faisais des journées de dix-huit heures, sept jours par semaine.

Mick contempla les champs pelés et les vaches qui paressaient dans leur pré. Il songea à la maison où vivaient oncle Jim et sa famille. Ce n'était ni grand ni somptueusement meublé. Il lui sembla qu'oncle Jim avait travaillé comme un fou pour finalement ne pas faire mieux qu'un ouvrier d'usine ou un mécanicien.

— Viens voir, lança oncle Jim, qui se mit à accélérer le pas, obligeant Mick à courir pour le rattraper.

— Regarde là-bas, derrière ces bosquets, reprit oncle Jim, il y a quelque chose que je veux te montrer.

Ce qu'il appelait « bosquets » était en fait une longue haie d'érables, d'ormes et d'arbustes qui servait de brise-vent et qui, à première vue, semblait proche. Mais il leur fallut près d'une vingtaine de minutes pour l'atteindre. Oncle Jim pressa le pas en guidant Mick à travers l'ombre fraîche des érables. Ils débouchèrent de l'autre côté. Mick, même s'il n'espérait pas découvrir quelque chose d'extraordinaire — un point de repère ou un site grandiose —, fut quand même surpris de retrouver devant lui un paysage parfaitement identique à ce qu'il avait déjà vu : d'autres champs couverts de chaume, d'autres étendues labourées où poussaient des plantes qu'il ne pouvait identifier.

— Tu vois ça ? reprit oncle Jim. Ce sont les terres des Cooper. Elles ont appartenu à la famille de ta grand-mère pendant près de deux siècles. Elles sont à moi à présent. J'en ai hérité à la mort de ta grand-mère Margaret. Elles ont doublé la superficie de ma propriété, ce qui en fait une des plus grosses exploitations agricoles de Haverstock. Plus grosse que celle de ton oncle Buddy, et ce n'est pas peu dire. Habituellement, c'est le fils aîné qui hérite de tout.

Mick hocha la tête, sans savoir quoi dire. Pour lui, tout ça n'était qu'une immense étendue d'herbe pelée.

— Et Dan ? demanda-t-il.

Oncle Jim tourna brusquement la tête.

— Quoi, Dan ?

— Si tu as hérité des terres de ta mère et oncle Buddy de celles de ton père, qu'est-ce qui lui est resté, à Dan ?

— Le problème, avec la terre, répondit oncle Jim, c'est qu'il n'y en a pas assez pour tout le monde, et une fois que les autres sont servis... Avec ton père, la question ne s'est jamais posée. D'abord, il détestait l'agriculture. Il préférait bricoler sur les autos, courir les filles, prendre du bon temps. Et puis il lui est arrivé un certain nombre de pépins, si tu vois ce que je veux dire...

Mick voyait très bien. Un certain nombre de pépins. Un en particulier. La prison.

— Je peux me tromper, dit Mick poliment, mais j'ai l'impression que personne ici n'a une très haute opinion de Dan.

Oncle Jim haussa les épaules.

— C'est ton père, je sais, Mick. Mais il reste que Dan n'a jamais rien fait pour se faciliter la vie. Il prétend que ce sont les ennuis qui lui courent après, mais il y a bien des gens ici, et même des membres de cette famille, qui ne voient pas les choses du même œil.

— Et qu'est-ce qu'ils pensent, ces gens-là ?

— Que Dan est un gars qui cherche les problèmes. Et ce n'est pas la même chose que de chercher de l'or ou des diamants. Les problèmes, ce n'est pas ce qui manque sur cette planète, et ceux qui en cherchent en trouvent. Ton père est de ceux-là.

— Tu penses qu'il ne reviendra pas ?

Oncle Jim le regarda droit dans les yeux. Des yeux bleu clair, comme ceux de Dan, mais son regard, contrairement à celui de Dan qui semblait ne jamais pouvoir se poser quelque part, était assuré, franc et autoritaire.

— C'est ton père, Mick. Que penses-tu qu'il va faire ?

Une fois rentrés à la ferme, ils déjeunèrent et oncle Jim retourna à ses tâches. Mick n'avait rien d'autre à faire que de traîner autour de la maison... et de réfléchir à ce que son oncle avait dit à propos de Dan. Un gars qui courait après les ennuis. C'était bien vrai. Mick se souvenait qu'une fois par an, au printemps, sa mère lui mettait ses plus beaux vêtements — un pantalon de flanelle gris acheté dans une friperie et soigneusement repassé, une chemise blanche, une veste ou un gilet, des souliers de cuir noir achetés d'occasion. Elle-même épinglait sa broche en camée sur sa plus belle robe, qu'elle s'était généralement confectionnée, et ils prenaient l'autobus en direction de la prison, un trajet de 45 minutes. Sa mère emportait un panier rempli de poulet, de salade, de gâteaux et de limonade, un festin pour célébrer les anniversaires de Dan et de Mick, qui n'étaient qu'à trois jours d'intervalle.

Ils avaient observé ce rituel pendant neuf ans, bien que Mick n'ait gardé le souvenir que d'une demi-douzaine de visites à la prison. Il se rappelait cette fois où son père était resté assis en face de sa mère en lui tenant les mains, oubliant la nourriture qu'elle avait disposée sur la table de pique-nique. Et cette autre fois où il n'avait cessé de marcher de long en large, fumant cigarette sur cigarette et pestant contre « ces salauds » qui, Mick l'avait découvert plus tard, étaient les membres de la commission des libérations conditionnelles. À part une occasion à la toute fin, ce furent les seules fois où Mick put voir ses parents ensemble.

Et puis un jour, alors qu'il était en quatrième année, son univers avait basculé. Quelqu'un avait frappé à la porte de la salle de classe, et il avait été appelé dans le bureau du directeur d'école. Il y avait là le directeur, une amie de sa mère et un homme que Mick n'avait jamais vu. Il apprit plus tard que c'était un fonctionnaire des services de protection de la jeunesse.

Marie, l'amie de sa mère, avait parlé la première. Cet épisode était resté gravé dans la mémoire de Mick, qui se souvenait des moindres détails : les larmes de Marie, sa voix chevrotante, ses mains qui trituraient un mouchoir froissé taché de mascara, ainsi que les paroles qu'elle avait prononcées : « Oh, Mick, il y a eu un terrible accident. »

Un mur s'était effondré dans la petite usine où travaillait sa mère. Celle-ci avait été gravement blessée — écrasée, comme Mick l'apprit plus tard — et emmenée immédiatement à l'hôpital. Mick allait habiter chez Marie « en attendant », avait dit le travailleur social. Ces deux mots avaient fait trembler Mick. « Et ensuite ? », avait-il voulu demander sans oser le faire.

Trois jours plus tard, et deux jours seulement avant la mort de sa mère, Dan avait frappé à la porte de chez Marie, l'air hagard, enfin libéré sous condition. Relâché juste avant de pouvoir dire un adieu définitif à sa femme.

Une fois Dan sorti de prison, Mick put réintégrer le logement familial. Il se rappelait très bien cet épisode, également. Il avait tendu les clefs de l'appartement à Dan, qui avait déverrouillé la porte, était entré avec réticence, comme s'il mettait le pied dans une chambre à gaz, et s'était arrêté aussitôt le seuil franchi. Il était resté là, bloquant le passage, à regarder autour de lui, comme s'il voulait s'imprégner de chaque détail. Il n'avait pas dit un mot. Mick avait eu peur qu'il fasse demi-tour et disparaisse. Il ne voulait pas retourner chez Marie. Elle fumait cigarette sur cigarette et tout chez elle, son haleine, les rideaux, les draps dans lesquels il dormait, le canapé, tout était imprégné de l'odeur de tabac. En plus, elle ne savait pas cuisiner. Son pain de viande était grisâtre et sans saveur. Le lait qu'elle lui donnait avait une odeur bizarre et un goût désagréable.

Mick avait attendu pendant que Dan, immobile, promenait son regard tout autour de l'appartement. Au bout d'un moment, il l'avait tiré par la manche et Dan avait avancé en trébuchant. Mick avait alors refermé la porte.

Dan avait ensuite préparé des sandwichs au bacon et aux tomates. Sur les tranches de pain grillées à la perfection, il avait disposé des rondelles de tomate aussi fines que du papier, qu'il avait coiffées de tranches de bacon croustillant. Un des meilleurs sandwichs que Mick ait jamais mangés. Il avait lorgné son père du coin de l'œil en se demandant par quel miracle, après toutes ces années passées en prison, il pouvait encore préparer des sandwichs aussi délicieux. Une fois la dernière bouchée avalée, Dan avait sorti un peigne de sa poche de chemise et avait mis de l'ordre dans la crinière noire de son fils. « Il serait temps d'aller à l'hôpital, tu ne crois pas ? », avait-il dit. Mick avait souri.

Marie avait refusé de l'emmener voir sa mère à l'hôpital. « Ils n'aiment pas avoir des enfants dans les jambes », avait-elle prétendu. Elle-même s'arrangeait pour y aller quand Mick était à l'école et, à son retour, elle lui transmettait des messages qui ne ressemblaient en rien à ce que sa mère aurait pu dire. « Elle veut que tu te conduises comme un brave petit homme », racontait-elle. « Elle veut que tu m'obéisses et que tu boives bien ton lait. » Jamais sa mère ne l'avait appelé « petit homme » et elle se moquait pas mal qu'il boive son lait ou non.

« Il y a des millions d'enfants dans le monde qui grandissent et deviennent forts sans en avoir jamais bu une goutte », avait-elle coutume de dire. Puis, elle éclatait de rire. « Te rends-tu compte, disait-elle, la fille d'un éleveur de vaches laitières qui n'aime pas le lait ! »

Dan avait hélé un taxi et ils s'étaient rendus à l'hôpital. Une fois sur place, Dan avait demandé qu'on l'informe de l'état de santé de Lisa Standish.

— Vous êtes monsieur... ? avait répondu l'infirmière aux cheveux gris.

— Je suis son mari. Et voici notre fils.

L'infirmière avait dévisagé Mick par-dessus ses lunettes.

— Le petit garçon préférera sûrement attendre dans le salon des visiteurs, en bas, avait-elle suggéré. Il y sera plus à l'aise.

— Il sera encore plus à l'aise s'il peut voir sa mère, avait rétorqué Dan. Cela fait trois jours qu'elle est ici. Il ne l'a pas encore vue et elle lui manque.

Ce geste de Dan, Mick ne l'oublia jamais et en éprouva toujours de la gratitude. Parce que cette visite à l'hôpital fut pour lui la dernière occasion de voir sa mère vivante. Il n'osait même pas imaginer ce qu'il aurait ressenti, les regrets qui l'auraient poursuivi, s'il n'avait pas eu cette chance. Il ne serait pas le même aujourd'hui, s'il n'avait pas pu la voir une dernière fois, si elle n'avait pas pressé ses lèvres contre son oreille pour lui murmurer les paroles qui furent les dernières qu'il entendit de sa bouche. Et s'il ne lui avait pas fait une promesse et juré de la tenir, quoi qu'il arrive.

Au milieu de l'après-midi, Mick crut qu'il allait mourir d'ennui quand oncle Jim réapparut soudain.

— J'emmène Lucy en ville pour sa chorale. Tu viens avec nous ?

Pour Mick, l'expression « en ville » avait quelque chose de cocasse. La ville en question se réduisait à 500 mètres de route à deux voies bordée de places de stationnement en diagonale et de trottoirs en ciment. Les quatre pâtés de maison disposés de chaque côté composaient le centre commercial de Haverstock. À un carrefour se dressaient, face à face comme des gangs rivaux, quatre églises — l'église presbytérienne, l'église anglicane, l'Église Unie et la plus imposante, l'église catholique.

Oncle Jim s'arrêta devant l'édifice de l'Église Unie et Lucy descendit de la camionnette.

— Je serai là à quatre heures, promit-il.

Il se tourna ensuite vers Mick.

— Je vais chez Harold McKee voir son nouveau taureau. Tu m'accompagnes ?

Mick imagina sans peine ce qui l'attendait, étant donné ce qu'il savait de ses deux oncles et ce qu'il avait pu voir la veille quand Harold McKee et un autre fermier — Walter quelque chose — étaient arrivés dans une jeep Cherokee pour entretenir oncle Jim du fameux taureau. Un après-midi chez Harold McKee, c'était un voyage au royaume des éleveurs : deux ou trois autres gars de l'âge d'oncle Jim, tannés par le soleil comme lui, le visage rougeaud jusqu'à mi-front, l'image même d'authentiques fermiers. Quand ils ôtaient leur chapeau apparaissait une bande de peau d'un blanc crayeux correspondant à la partie supérieure de leur front. À se demander quelle partie de leur visage avait été peinte, la rouge ou la blanche ! Ils allaient encore bavarder deux ou trois heures, comme ils l'avaient fait la veille, en vantant les mérites reproducteurs du nouveau taureau et en spéculant sur le plaisir qu'il allait procurer aux vaches — le tout accompagné de force gloussements — pour enchaîner ensuite sur les questions d'argent : le prix qu'ils obtiendraient pour leur lait, le prix que leur donnait cette année la conserverie pour leurs pois et leurs haricots, le prix qu'un vieux qui habitait un peu plus haut s'était vu offrir pour son terrain par un promoteur immobilier. Bref, une vraie partie de plaisir pour des agriculteurs, mais très peu pour Mick.

— Non, merci, répondit-il. Si ça ne te dérange pas, je vais rester ici, visiter un peu le coin.

Oncle Jim le regarda et se mit à rire.

— Il suffit de traverser le patelin une fois pour avoir tout vu.

Mick ne répondit rien.

Oncle Jim haussa les épaules et plongea la main dans sa poche de pantalon à la recherche de son porte-monnaie, dont il sortit deux billets de banque.

— Tu t'achèteras un coke ou ce que tu veux. Je passerai vous prendre dans deux heures, toi et Lucy, devant l'église. Ne sois pas en retard. Lucy n'est pas du genre à aimer attendre. C'est ma fille et je l'adore, mais je plains le pauvre gars qui arrivera à un rendez-vous avec une minute de retard.

Cette remarque devait être drôle, parce qu'oncle Jim éclata de rire. Il riait encore en redémarrant.

Oncle Jim n'avait pas menti au sujet de Haverstock. Cinq minutes plus tard, Mick avait fait le tour des quatre pâtés de maison.

Il y avait Chez Nieland, une petite épicerie qui avait surtout pour fonction de dépanner les gens en cas d'urgence. Mick savait qu'à la première heure ce matin, ses tantes Charlene et Anne avaient fait trente-cinq kilomètres jusqu'à Morrisville pour leurs emplettes hebdomadaires au super-marché. Mick passa devant une quincaillerie à la vitrine poussiéreuse et un bazar à un dollar qu'oncle Jim appelait le « cinq dix quinze ». Un banc de bois devant le café Chez Maes servait d'arrêt pour l'autobus Greyhound. Une affiche apposée sur la vitrine du café indiquait que Maes était l'agent autorisé pour la vente des billets. Mick entra au Royaume des Livres pour jeter un coup d'œil sur les magazines, mais en ressortit en secouant la tête. Le libraire aurait dû baptiser sa boutique Au Royaume de Dieu, car elle n'offrait que diverses versions de la Bible et des albums illustrés d'histoires pieuses. Mick colla le nez sur la vitrine de la pharmacie, passa devant un salon de coiffure et une échoppe de barbier, puis un magasin de vêtements pour dames et une boutique qui semblait vendre de tout, depuis les bijoux jusqu'à la porcelaine. Le Club Vidéo, au moins, proposait des produits à peu près contemporains et relativement profanes. Il était rempli de gamins attirés par les jeux d'arcade alignés le long d'un mur.

Mick traversa et entreprit de remonter la rue en sens inverse. Il passa devant deux stations-service, le poste de la Police provinciale de l'Ontario, une clinique vétérinaire, un autre restaurant — affichant, celui-là, permis d'alcool et air climatisé — ainsi qu'un hôtel qui annonçait, lui aussi, un bar avec permis d'alcool et des spectacles chaque fin de semaine : « Aujourd'hui samedi : les Quatre Cavaliers ! » Il y avait aussi un concessionnaire de machinerie agricole judicieusement flanqué d'une succursale bancaire, et c'était tout. Il se retrouva exactement à son point de départ, devant l'épicerie Nieland.

Il fit demi-tour avec l'intention de s'offrir quelque chose de bien frais à boire au café Chez Maes, quand il tomba nez à nez avec une femme qui, en le voyant, eut la même réaction que toutes les femmes de Haverstock qu'il avait jusqu'ici rencontrées — elle écarquilla les yeux, frappée de stupeur. Et celle-ci laissa en plus glisser l'un des deux gros sacs de papier qu'elle transportait. Mick allongea le bras pour l'attraper mais, au lieu d'accepter son aide, la femme recula d'un bond.

— Maman, cria la jeune fille qui la suivait, les sacs, ils vont...

Le sac à provisions atterrit sur le trottoir avec un bruit mou. Une omelette gluante s'échappa d'une boîte d'œufs.

— ... tomber, ajouta la jeune fille en soupirant.

Mick, qui contemplait les dégâts, leva les yeux vers la femme. Qu'est-ce qui lui avait pris ? N'avait-elle pas vu qu'il voulait l'aider ? Pourquoi réagissait-elle comme s'il était un voleur ?

La femme ne prêtait aucune attention au désastre à ses pieds. Elle avait les yeux fixés sur Mick. La jeune fille, perplexe, se baissa et entreprit de replacer les provisions dans le sac.

— C'est toi, n'est-ce pas ? siffla la femme à l'intention de Mick. J'ai entendu dire que tu étais ici. Tu es son fils. Tu es son portrait tout craché !

La fille leva les yeux. Des yeux verts. D'un beau vert mousse, nota Mick.

— Le portrait de qui ? demanda-t-elle. Est-ce que ça va, Maman ?

La femme baissa les yeux vers sa fille.

— Le portrait de son père. Celui qui a tué ton grand-père.

La jeune fille remit la dernière boîte de conserve dans le sac et se releva. Elle dévisagea Mick avec une franche curiosité.

Rien d'étonnant que sa mère n'ait jamais voulu remettre les pieds ici, songea Mick. Elle lui avait assez répété que son père avait été injustement condamné. Une erreur judiciaire, comme l'histoire de Donald Marshall, un gars envoyé en prison pour un crime qu'il n'avait pas commis. Ce qu'elle avait omis de lui dire, en revanche, pensant probablement qu'il le découvrirait bien un jour, et ce qui lui sautait aux yeux en cet instant même avec la violence d'un cyclone, c'est que cet innocent emprisonné par erreur, une foule de gens le croyaient coupable. Cette femme, entre autres.

— Dis à ton père qu'il n'est pas le bienvenu ici, reprit la femme d'une voix perçante, en serrant le sac qu'elle portait encore au risque d'en écraser le contenu. Dis-lui de ne jamais remettre les pieds ici. Je ferai...

— Tu feras quoi ? interrompit une voix derrière le dos de Mick.

Mick se retourna. Une autre femme. Grande et mince, elle regardait la scène, les deux mains sur les hanches.

— Laisse ce garçon tranquille, Wanda. Tu lui parles de choses qui se sont passées avant qu'il soit né.

— Son père est un assassin et tout le monde ici le sait, cria la dénommée Wanda.

Elle hurlait à présent, attirant l'attention des passants.

— Dan Standish a tué mon père. Il a intérêt à faire attention à lui s'il revient par ici.

— Il vaudrait peut-être mieux que tu rentres chez toi, Wanda, dit la grande femme.

La jeune fille tira sa mère par la manche. À contrecœur, Wanda se dirigea vers sa voiture. Il lui fallut une éternité pour caser ses provisions dans le coffre, monter et démarrer. Mick jeta un coup d'œil autour de lui. Une demi-douzaine de personnes s'étaient arrêtées pour le regarder. La grande femme hocha la tête.

— Qu'est-ce qu'ils font tous, plantés là ? lança-t-elle d'une voix forte. Ils n'ont rien de mieux à faire ?

Le petit groupe de curieux se volatilisa, laissant Mick seul avec la femme.

— Tu es Mick Standish, je suppose ?

Mick fit oui de la tête.

— Je m'appelle Sandi Logan. Il s'en est fallu de ça, ajouta-t-elle en montrant une distance infime entre son pouce et son index, pour que je sois ta mère.

3

Mick regardait Sandi Logan avec des yeux ronds en se demandant de quoi elle pouvait bien parler. Elle était étonnamment belle, malgré son âge. Bien sûr, de petites rides plissaient le coin de ses yeux et plus encore ceux de sa bouche, mais elle avait un visage rieur et une peau lisse et bronzée.

Sandi se mit à rire.

— Ton père et moi étions bons amis, expliqua-t-elle. Il m'a même demandée en mariage quand nous étions en deuxième année. Mais il n'a pas donné suite. Dès la cinquième année, il était tombé amoureux fou de ta mère. Ils étaient prédestinés l'un à l'autre, ces deux-là.

Elle l'examina d'un rapide coup d'œil.

— Pas de doute, tu lui ressembles.

— C'est ce qu'on m'a dit, répondit Mick.

Elle tourna les yeux vers la rue.

— Est-ce que Dan est ici avec toi ?

Mick secoua la tête. Le visage de Sandi s'assombrit légèrement.

— Mais il est... dehors, je veux dire, il est...

— Il est sorti de prison, si c'est de ça que vous voulez parler. Il y a déjà un moment.

Sandi sourit.

— Bonne nouvelle. J'en suis bien contente.

Elle hésita un peu avant de continuer.

— J'ai été désolée d'apprendre ce qui était arrivé à ta mère. C'était vraiment quelqu'un d'extraordinaire.

Mick ne savait trop quoi dire. Il parlait peu de sa mère. En effet, rares étaient ceux qui, dans son entourage, l'avaient connue et étaient disposés à l'entendre radoter sur elle.

— Je suppose, reprit Sandi, que tu es venu voir ta famille. C'est la première fois que tu mets les pieds ici, n'est-ce pas ?

Mick hocha la tête.

— Maman parlait de Haverstock de temps en temps, mais elle n'a jamais manifesté la moindre envie d'y revenir.

Il se rendit compte en prononçant ces paroles qu'elles risquaient de blesser Sandi. Mais ce ne fut pas le cas.

— Qui pourrait l'en blâmer ? fit-elle avec un sourire de sympathie. Bon, il faut que je m'en aille. J'ai deux pots de crème glacée à l'arrière de ma camionnette, et elle risque de fondre si je reste ici à jacasser toute la journée. Est-ce que Danny... ton père, est-ce qu'il va revenir te chercher ?

Mick fit signe que oui, même s'il était loin d'en être sûr.

— S'il vient, transmets-lui le bonjour de ma part. J'habite dans l'ancienne ferme des McGerrigle, à présent, mais dis-lui qu'il ne faut pas que ça le décourage. Je cultive des tomates et du maïs pour les gens de la ville. Je l'invite à souper à la maison avant de repartir. Tu es bienvenu, toi aussi.

Elle le gratifia d'un grand sourire et grimpa dans sa camionnette qu'elle avait garée le long du trottoir. Mick lui fit au revoir de la main en la regardant s'éloigner. C'était un peu fou, songea-t-il, de faire un signe de la main à une femme qu'il connaissait à peine. Mais contrairement à tous les habitants de Haverstock qu'il avait rencontrés jusqu'ici, elle n'avait eu aucun mouvement de recul en entendant le nom de son père. Non seulement elle n'avait rien dit de blessant mais, au contraire, elle semblait avoir gardé un excellent souvenir de Dan. Qu'y avait-il à comprendre ?

Assis sur les marches de l'église, Mick attendait Lucy. Son t-shirt noir absorbait agréablement la chaleur du soleil. Il se demandait si sa mère avait fréquenté cette église. Elle et Sandi avaient-elles été compagnes de classe à l'école? Il était difficile d'imaginer qu'elle aurait à présent le même âge que Sandi... Elle n'avait que 27 ans au moment de sa mort. Mick en avait neuf. Toutes ces années qu'il avait passées avec elle, ils avaient toujours habité dans de petits logements, parfois au-dessus d'un magasin ou d'un restaurant, d'autres fois dans des tours d'habitation miteuses situées dans les quartiers les moins attirants de la ville. À une occasion, ils avaient occupé un logement subventionné par le gouvernement, mais la mère de Mick n'avait pas aimé l'expérience, parce que leurs voisins étaient tous pauvres et semblaient souvent avoir perdu tout espoir. Sa mère n'était pas comme ça. Elle vivait d'espoir.

Le 1er janvier de l'année de sa mort, elle avait accroché au mur, à côté du réfrigérateur, un calendrier tout neuf. Elle en avait tourné les pages jusqu'au mois d'octobre, et là, sous l'image d'une maison victorienne toute blanche au milieu des feuillages flamboyants de l'automne, elle avait entouré le chiffre 13. Le 13 octobre, date à laquelle le père de Mick devenait admissible à une libération d'office. Cette année-là, elle avait barré chaque soir, avec un stylo-feutre rouge, la date de la journée écoulée. Semaine après semaine, mois après mois, elle avait biffé, sur le calendrier, près du réfrigérateur, chaque journée passée en prison, chaque jour qui la rapprochait de la date de la libération de Dan.

« Je ne veux pas que tu aies honte de ton père », disait-elle. « Il arrive parfois des choses à quelqu'un, même si ce n'est pas de sa faute. Cela ne veut pas dire que cette personne ait fait quelque chose de mal. Tu le comprends, Mick, n'est-ce pas ? »

Mick acquiesçait ; elle semblait avoir tant besoin de son assentiment.

Il y a des choses qui arrivent. Un garçon à l'école apprend que ton père est en prison. Il t'injurie, il traite ton père de gibier de potence. Il te serine « tel père, tel fils », jusqu'à ce que tu le frappes — que peux-tu faire d'autre ? Tu es convoqué dans le bureau du directeur et tu écopes d'une semaine de retenue. Ce n'est pas toi qui as cherché les ennuis, mais tu t'y retrouves plongé jusqu'au cou. Ce sont des choses qui arrivent.

« Tout va changer quand ton père rentrera à la maison », répétait-elle. Elle ne disait jamais : quand ton père sortira de prison.

Elle ne se trompait pas. De fait, tout changea.

Son père fut libéré, sa mère mourut, et lui, Mick, dut vivre avec un étranger dans un minuscule logement, au milieu de tout ce qui avait appartenu à sa mère : ses vêtements, les coussins à fleurs qu'elle avait confectionnés (« je n'ai pas de quoi m'offrir un canapé neuf, mais je peux sacrifier quelques dollars pour des coussins. Ils égayent la pièce, tu ne trouves pas ? »). Il y avait aussi la brosse en argent avec laquelle elle peignait ses cheveux — cent coups chaque soir — pendant que Mick lui lisait un conte dans un gros album d'histoires pour enfants, et puis deux flacons de parfum que Mick cachait dans un tiroir de sa commode pour les sortir la nuit et en humer l'odeur. C'était si bizarre de se retrouver dans un endroit où tout lui rappelait sa mère, mais en compagnie d'un père avec lequel il n'avait jamais vécu.

Dan buvait beaucoup. Mick ne savait pas trop où il trouvait l'argent, mais il semblait toujours en train de vider une bouteille.

Parfois, ses gestes devenaient maladroits, il oubliait le grille-pain ou renversait le lait. Mais il lui arrivait aussi, surtout tard le soir ou durant la nuit, d'être complètement ivre. Mick allait se coucher, et Dan haussait le volume de la télé. À une occasion, Mick s'était relevé pour lui demander de baisser le son — il ne l'avait fait qu'une fois — et Dan avait détourné la tête, fuyant son regard. Mick l'avait vu se passer la main sur les yeux et avait deviné qu'il essuyait ses larmes. Dan buvait et pleurait. Une autre fois, il s'était endormi avec une cigarette allumée et avait failli mettre le feu à l'appartement. Ils avaient dû mettre le canapé au rebut. Puis, ce furent les loyers impayés, et quand le propriétaire vint frapper à la porte pour réclamer son dû, Dan commença par l'injurier, puis il l'attrapa par le collet en menaçant de le jeter en bas des escaliers. Le propriétaire appela la police. Les policiers avertirent Dan qu'ils allaient porter des accusations, mais les choses en restèrent là. Mick apprit à être prudent en présence de son père.

Un jour que Dan avait trop bu, Mick fit l'école buissonnière. À quoi bon aller à l'école quand on se sent si malheureux et qu'on est persuadé qu'on ne s'en sortira jamais ? À quoi bon affronter jour après jour des gamins qui vous détestent ou qui se moquent de vous parce que votre père n'a jamais quitté la prison depuis que vous êtes né ? Ce fut ce jour-là qu'une travailleuse sociale de la protection de la jeunesse frappa à la porte. Elle désirait poser quelques questions à Dan. C'est ce qu'elle annonça d'une voix trop calme, la voix qu'emploie une maîtresse de maternelle pour calmer une horde de gamins surexcités.

Dan la mit à la porte. Ou, plus exactement, il essaya de le faire. Il l'attrapa par les épaules et entreprit de la pousser vers la porte. C'était une femme menue, bien plus petite que Dan, mais qui possédait une force de résistance peu commune. Dan essayait de la faire reculer en la poussant vers la porte de toutes ses forces, au point qu'il en suait à grosses gouttes. Et la petite travailleuse sociale restait plantée là — comme un objet inamovible. Elle se dégagea en lui disant que s'il n'ôtait pas ses mains de sa personne — ce furent ses mots exacts, *sa personne* —, elle allait devoir le signaler aux autorités.

« Signalez-leur aussi ça ! », lui cria Dan en lui appliquant une main sur le visage et en la poussant si violemment qu'elle recula jusque dans le couloir. Dan claqua immédiatement la porte qu'il verrouilla aussitôt. Elle s'entêta à cogner pendant un moment, puis s'en alla. Si Dan sembla oublier aussitôt l'incident, ce ne fut pas le cas de Mick. Il savait qu'on ne se débarrasse pas comme ça d'une femme aussi tenace. Et de fait, deux heures plus tard, elle était de retour, flanquée de deux policiers venus en renfort, avec une ordonnance du tribunal qui l'autorisait à retirer Mick de la garde de son père.

Mick fut surpris par ce qui se passa par la suite, et chaque fois qu'il se remémora l'incident, il ne cessa jamais d'être étonné. La petite travailleuse sociale, plantée devant les deux policiers costauds, exigea que Dan lui remette Mick. Celui-ci s'attendait à ce que son père saute sur l'occasion pour se débarrasser de lui. Après tout, ils étaient des étrangers l'un pour l'autre. Mick s'attendait à ce que Dan hausse les épaules en disant « j'ai fait ce que j'ai pu » et le confie aux soins de l'intraitable travailleuse sociale.

Mais Dan n'en fit rien, même lorsque les deux policiers s'avancèrent.

« C'est mon garçon et j'en suis responsable, dit-il, ou plutôt, hurla-t-il. Mêlez-vous donc de ce qui vous regarde ! » Propos que, bien entendu, les deux policiers n'eurent pas l'air d'apprécier, surtout venant d'un ex-détenu qui avait pris un verre de trop. Ils apprécièrent encore moins le fait que Dan lève la main sur l'un d'eux, mais semblèrent ravis d'avoir un prétexte pour l'arrêter. Finalement, la travailleuse sociale gagna la partie. Mick se demanda souvent, par la suite, comment les choses auraient tourné si Dan avait gardé son sang-froid, s'il n'avait pas brandi le poing contre un policier. Mais il ne servait à rien de ruminer les vieilles histoires. C'était du passé, et on ne peut jamais changer le passé.

Par ailleurs, ce fut à ce moment-là que Bruce et Janine Davidson entrèrent dans sa vie. Ou, plus exactement, qu'il fit irruption dans la leur. Jusqu'à présent, il n'avait jamais su ce qu'était une vie de famille normale, avec un père et une mère qui vivent heureux ensemble.

Tandis qu'il attendait Lucy et son oncle Jim sur les marches de l'église, Mick se demanda combien de temps il allait rester à Haverstock avant de se retrouver chez les Davidson. Huit jours ? Dan avait dit qu'il s'absenterait une semaine tout au plus.

Deux semaines ? Si Dan n'était pas revenu dans deux semaines, les membres de sa famille n'auraient qu'une hâte : se débarrasser de lui.

Mais si, pour une fois, Dan tenait parole ? Et s'il revenait le chercher ? Que se passerait-il alors ?

Troisième jour à Haverstock, et sa vie commençait à ressembler à l'enfer. Une bande de misérables individus le harcelaient et lui menaient la vie dure, au point qu'il rêvait désespérément d'un billet d'autobus. Il pensa décrocher le téléphone et appeler les Davidson à frais virés. Puis, il songea à l'image qu'il donnerait de lui-même en posant un tel geste : Mick Standish, un perdant. Un pauvre naïf qui a cru son père, qui s'est laissé entraîner dans un coin perdu au milieu d'une horde d'étrangers, et tout ça sur la foi d'une promesse faite par le plus grand perdant de tous, Monsieur La Gaffe en personne, Dan Standish... Encore deux jours, songea-t-il. Il lui donnait encore deux jours. Ensuite, il demanderait qu'on le ré-expédie chez lui et rentrerait piteusement en ville.

Le samedi matin, tante Charlene, vêtue d'une robe verte et coiffée d'un chapeau de paille blanche, fit grimper Lucy et Penny, elles aussi en robe, dans la camionnette d'oncle Jim.

— Tu es sûr que tu ne veux pas venir, Mick ? demanda-t-elle.

— Tu pourras m'entendre chanter, ajouta Lucy. C'est moi qui fais le solo aujourd'hui.

Mick secoua la tête. Il n'était jamais retourné à l'église depuis son plus jeune âge, et il n'avait guère envie d'y remettre les pieds, surtout dans un village où tout le monde connaissait Dan et où personne ne semblait le porter dans son cœur. Il préféra se rendre à la grange, en espérant y trouver quelque chose d'intéressant à faire. Peine perdue. Il grimpa l'échelle qui menait au fenil, et s'étendit dans le foin pour jouir de la tranquillité du lieu. Le bruit d'une conversation, au-dessous de lui, le réveilla soudain. Oncle Buddy et oncle Jim.

— ... Je le renverrais, si j'étais à ta place, disait oncle Buddy. Mais je ne paierais même pas le billet. Que Danny paie la note à la gare routière.

— Et si Danny ne paie pas, ou s'il ne vient pas le chercher ?

La voix d'oncle Jim. Il parlait d'un ton enjoué, comme s'il voulait taquiner son frère.

— Qu'est-ce qu'ils vont faire du gamin, là-bas ? Le mettre aux objets trouvés ? Voyons, Buddy. Les histoires de Danny, le petit n'y est pour rien.

— Je n'ai pas dit ça, rétorqua oncle Buddy. Tout ce que je veux dire, c'est que si tu renvoies Mick, tu ne risqueras plus de revoir Dan dans les parages. Il n'est bon qu'à faire des bêtises.

— Allons donc, tu penses qu'il va encore écraser quelqu'un ?

Mick se redressa. Que voulait-il dire ? Cela avait-il un rapport avec la réaction de cette femme, la veille, à Haverstock ?

— Il pourrait vendre la mèche à Charlene. Ça ne m'étonnerait pas de lui. Il trouvera probablement un moyen de s'en servir contre toi, et de te faire cracher encore de l'argent.

— J'en doute, répondit oncle Jim. Tout ça, c'est de l'histoire ancienne.

— En es-tu sûr ? insista oncle Buddy d'un ton sceptique. Si Danny rappliquait ici et allait raconter à Charlene la petite aventure que tu as eue avec Helen Sanderson il y a quinze ans, tu crois que Charlene se contenterait de hausser les épaules en disant que c'est de l'histoire ancienne ? Cela fait combien de temps que tu es marié, Jimmy ? Cinq minutes ? On pourrait le croire, parce que de toute évidence, tu ne connais rien aux femmes.

Oncle Jim resta silencieux.

— Emmène le gamin en ville et achète-lui un billet de retour, reprit oncle Buddy. Qu'il s'en aille avant que Danny revienne.

— Si Danny remet les pieds ici — et ça m'étonnerait, parce que je ne crois pas qu'il se soit amendé à ce point —, je ne pense pas qu'il aura en tête mes bêtises du passé. Après tout ce qui s'est passé, je doute qu'il ait le culot de parler des fautes de quelqu'un d'autre.

— Dommage que tu n'aies pas pensé la même chose à l'époque. Tu aurais pu économiser beaucoup d'argent.

— À l'époque, justement, j'avais bien plus à perdre si Charlene apprenait cette histoire. Mais le passé, c'est le passé, les choses ont changé. Allez, viens. Je prendrais bien une tasse de café. Pas toi ? Et Charlene a essayé une ou deux nouvelles recettes de tarte ce matin.

— Elle prend ça au sérieux, ce concours, pas vrai?

— Au sérieux? Elle a décrété qu'elle allait gagner la cuisine aménagée offerte comme premier prix. J'ai eu beau lui dire qu'une vieille maison de ferme n'est pas l'endroit idéal pour installer ce que les organisateurs du concours appellent la cuisine du futur, mais tu connais Charlene. Alors, ça te tente? De la tarte aux pommes et fraises encore tiède? Ou sa surprise « pêches et cannelle »? Ou les deux?

Oncle Buddy se mit à rire à pleine gorge, d'un rire plein de convoitise. Mick entendit le bruit de leurs bottes de travail sur le plancher de la grange.

Il se releva lentement. C'est le bouquet, pensa-t-il. Non seulement certaines personnes ici — comme cette horrible bonne femme en face de l'épicerie — tenaient Dan pour responsable de la mort de quelqu'un, mais en plus, son cher père si innocent était un maître chanteur.

Le repas du dimanche. Jim et Charlene, Lucy et Penny, Mick et le vieux Bill, Buddy et Anne, Peter et Andy, tous étaient réunis autour de la table, dans la salle à manger de tante Charlene qui avait sorti l'argenterie et le service en porcelaine. Au menu, du rôti de bœuf, des pommes de terre au four, de la sauce brune, trois sortes de légumes, des biscuits maison au babeurre sans oublier deux tartes posées sur la desserte. Mick n'avait jamais vu un tel festin servi sur une table mais, malgré sa faim, il ne put rien avaler. Pas à côté du vieux Bill, qui ne cessait de déblatérer contre Dan.

Tout avait commencé lorsque tante Charlene avait raconté que Wanda Stiles s'était montrée « carrément infecte » à l'église.

— Elle m'a jeté des regards noirs pendant tout le service, renchérit tante Anne. Tu l'as vue, Buddy. À la moindre occasion, elle me regardait d'un œil mauvais. Et après la messe, elle était encore là, derrière l'église, à me fixer. Mais je lui ai montré à qui elle avait affaire. Je me suis approchée et je lui ai dit : « Si tu as quelque chose à me dire, Wanda Stiles, vas-y, sors-le. » Et c'est ce qu'elle a fait. Elle a un culot ! « Va dire à ton beau-frère qu'il n'a pas intérêt à remettre les pieds dans cette ville. » Elle m'a dit ça d'un ton menaçant, comme si elle voulait me faire peur.

— Elle est folle, commenta oncle Buddy la bouche pleine. Elle n'a jamais eu toute sa tête depuis que son père est mort.

— Elle n'a jamais eu toute sa tête depuis qu'elle est née, renchérit oncle Jim. Tu te rappelles quand elle était petite ? Toujours le nez dans ces bouquins bizarres. Qu'est-ce que c'était ? De la magie, ou une idiotie du genre.

— Des livres sur l'occultisme, précisa tante Anne. Je me souviens. Elle disait qu'elle voulait devenir sorcière. Faire de la magie blanche.

— Qu'est-ce que c'est que ça, de la magie blanche ? demanda le vieux Bill.

— Une sorcière qui fait le bien, répondit Lucy qui, devenant subitement le centre de l'attention, rougit violemment.

— J'ai lu ça quelque part, lança-t-elle sur un ton défensif. Moi, ça ne m'intéresse pas du tout, ces choses-là.

— Wanda Stiles est aussi saine d'esprit que vous et moi, trancha le vieux Bill. Elle ne s'est jamais remise de la mort de son père, et qui peut le lui reprocher ? Ce gars-là a été fauché dans sa prime jeunesse. Les McGerrigle et les Stiles étaient de bons amis à nous. On s'était toujours entraidés, de génération en génération. Dan a mit un point final à tout ça.

Il tourna les yeux vers Mick.

— Dan n'a rien fait, rétorqua automatiquement celui-ci.

Toute sa vie, il avait répété cette phrase. Mais le vieux Bill n'aurait pas semblé plus surpris si son vieux copain McGerrigle était venu s'asseoir à sa table en lui disant « passe-moi la sauce ».

— C'est lui qui te l'a dit ? lança-t-il d'un ton sarcastique.

Mick soutint son regard. Quel vieux grincheux amer et méchant. Il n'avait pas dit un seul mot gentil à propos de Dan — son propre fils — depuis que Mick était à Haverstock. Mick commençait d'ailleurs à se demander si Bill Standish avait jamais dit quoi que ce soit de gentil à propos de Dan. Et si, placé dans la même situation, il se serait battu pour garder son fils comme Dan l'avait fait pour lui, ou s'il ne l'aurait pas tout simplement remis aux autorités.

— C'est ce qu'il t'a raconté, pas vrai ? reprit Bill. Il a dû geindre pendant des années en disant que ce n'était pas de sa faute. Rien n'était jamais de sa faute. Tu veux un bon conseil, mon garçon ? Regarde les choses en face. Ton père est un bon à rien. Il l'a toujours été, et le sera toujours. Combien de temps a-t-il réussi à tenir sans retourner en prison ? Trois mois ? Quatre ? Pas plus de cinq, je parie.

— Bill ! l'interrompit tante Charlene, l'air horrifié.

Quatre mois, pensa Mick. Cette fois-ci avait été sa plus longue période en liberté, et cela faisait quatre mois.

— Et tout ce temps qu'il était derrière les barreaux, où étais-tu, toi ? Est-ce qu'il s'inquiétait de ce qui pouvait t'arriver ?

Et *toi* ? aurait voulu crier Mick au vieil homme. T'es-tu inquiété, toi, de ce qui pouvait nous arriver, à moi et à ma mère ? Et est-ce que ça t'inquiète aujourd'hui ? Mais ça n'aurait servi à rien. Il ne voulait rien avoir à faire avec ce vieux chnoque grisonnant, ni avec aucun des autres. Il ne désirait qu'une chose : être ailleurs.

— Et à ton avis, qu'est-ce qu'il fait en ce moment, ton père, hein ? reprit le vieux Bill. Il t'amène ici, se débarrasse de toi. Pourquoi, à ton avis ? Pour aller s'acheter un costume et une cravate et décrocher un emploi convenable ? Tu crois que c'est ça qu'il est en train de faire ? Je parie qu'à l'heure qu'il est, il s'est encore fourré dans le pétrin jusqu'au cou. Pour quelle autre raison t'aurait-il amené ici ? Il a encore dû faire un mauvais coup et, s'il n'est pas déjà en prison, il doit se cacher quelque part avec la police aux trousses. C'est ça le problème avec ton père, petit. Il n'est pas assez malin pour éviter les ennuis, et il n'est pas non plus assez malin pour ne pas se faire pincer.

Mick se leva d'un bond, bousculant sa chaise qui tomba à la renverse. Il ouvrit la bouche, mais pour dire quoi ? Parce que, même si Bill se trompait, même si Dan se comportait correctement, combien de temps cela allait-il durer ? Bill ne disait-il pas tout haut ce que Mick pensait tout bas ? Pourquoi, dans ce cas, trouvait-il insupportable de l'entendre de la bouche du vieil homme ? Pourquoi sentait-il son estomac se nouer quand il entendait le père de Dan dire publiquement ce que lui-même ruminait dans sa tête ?

— Assieds-toi, Mick, dit oncle Jim.

Mais Mick ne pouvait s'asseoir. Ni parler. Il fit demi-tour et quitta précipitamment la pièce. Mais il eut le temps d'entendre le vieux Bill grommeler dans son dos :

— Exactement comme son père. Dès qu'il entend la vérité, il prend ses jambes à son cou.

Mick prit effectivement ses jambes à son cou. Il s'enfuit de la maison et se mit à courir dans la douce soirée d'été. À courir, encore et encore, sans s'arrêter. Pour rien au monde il ne remettrait les pieds dans cette maison.

4

C'est en deuxième année que Mick se fit pour la première fois insulter par un autre enfant au sujet de Dan. «Ton père est un assassin!» Mick avait répliqué que c'était faux, et utilisé ses poings comme argument supplémentaire, mais l'autre n'en démordait pas. «Mon père n'a rien fait, disait Mick. Il ne devrait pas être là-bas.» Il disait toujours «là-bas», jamais «en prison».

Jusqu'ici, il pensait avoir tout entendu.

«Les prisons du monde entier sont remplies d'innocents.» Celle-là, il la tenait de monsieur Beton. Ce monsieur Beton avait été leur propriétaire, jusqu'à ce que la mère de Mick en ait assez de ses trop fréquentes visites, soi-disant pour vérifier la plomberie ou le compteur à eau; toujours un prétexte pour venir chez eux et rester plus longtemps que nécessaire, en passant son temps à lorgner la mère de Mick. « À les entendre, il n'y en a pas un qui mérite d'être en détention — ils sont tous victimes d'une erreur », ajoutait-il.

Il y avait eu aussi ce garçon, en sixième année, juste après que Dan fut retourné en prison pour violation de conditions : « Si un jury l'a trouvé coupable, c'est qu'il est coupable. Ceux qui n'admettent pas leurs erreurs blâment toujours les autres. Ils recommencent à tous les coups et finissent par retourner en prison. C'est mon père qui le dit. » Le père du garçon en question était policier.

Seule contre tous, la mère de Mick résistait : « Ton père ne ferait jamais de mal à quelqu'un délibérément, disait-elle. Tout ça est une erreur, une terrible erreur. Il faut que tu me croies, Mick, quoi qu'en disent les autres. Promets-moi de faire confiance à ton père. »

Mick avait promis.

« Promets-le-moi, Mick, lui avait-elle chuchoté à l'oreille, à l'hôpital, la dernière fois qu'il l'avait vue. Elle avait les mains, les jambes et la tête couvertes de bandages. Son visage était si enflé qu'il avait eu de la peine à la reconnaître en entrant dans la chambre. Dan avait dû le pousser gentiment pour qu'il s'approche du lit. Elle parlait avec difficulté, chaque phrase suivie d'un long silence. « Promets-moi de soutenir ton père. Promets-moi de ne jamais croire tout ce qu'on raconte, Mick. Sois fier de lui. »

Cela ressemblait à une formule magique : crois en lui, et tout ira bien. Mais elle n'avait pas vécu assez longtemps pour mesurer à quel point elle s'était trompée. C'est vrai, Dan avait été relâché, mais il ne réussissait jamais à rester bien longtemps en liberté. Il recommençait à faire des bêtises et finissait toujours par se retrouver derrière les barreaux. Mick se demandait ce que sa mère aurait bien pu penser si elle avait été là, si elle avait pu constater que toute sa confiance n'avait servi à rien.

Le propre père de Dan ne croyait pas en lui. Ses propres frères non plus. Et encore moins la fille de l'homme qui avait été tué.

La fille de l'homme qui avait été tué... par Dan. C'est ce que tout le monde disait. La mère de Mick avait toujours affirmé l'innocence de son père et, à présent, tous les gens qu'il rencontrait prétendaient le contraire — que Dan Standish était un assassin.

— Mick ?

La voix si douce lui parvenait à travers un chaud brouillard lumineux, et Mick sut qu'il était chez lui, dans son lit. Il allait ouvrir les yeux et sa mère serait là, sur le seuil de la porte, en train de lui sourire. Elle lui dirait de se dépêcher, que son petit déjeuner l'attendait.

— Mick Standish, qu'est-ce que tu fabriques dans ma grange?

Ce n'était pas sa mère, mais Sandi Logan, penchée au-dessus de lui. Et il n'était pas chez lui, dans son lit. D'ailleurs, il n'était même pas dans un lit, mais dans un tas de foin. Il se redressa brusquement et commença à se répandre en excuses. Sandi leva la main pour le faire taire.

— Ce n'est pas à moi qu'il faut présenter des excuses, dit-elle, puis elle se tourna et cria à quelqu'un que Mick ne pouvait voir.

— Heck! Heck, j'ai trouvé Mick Standish! Me rendrais-tu un service? Appelle Jim et dis-lui qu'il est là.

Mick entendit quelque chose — quelqu'un — s'agiter au loin.

— À ma connaissance, reprit Sandi, Jim, Buddy et la moitié des hommes du comté sont à ta recherche depuis l'aube. Comment as-tu fait pour aboutir ici?

— Je n'en sais rien, murmura Mick.

Ce n'était pas loin de la vérité. Il avait couru sans se préoccuper de l'endroit où il allait ni même se demander où il pouvait aller. Avec moins de dix dollars en poche, il ne pouvait pas se payer un billet d'autobus et rentrer chez lui. Il avait pensé chercher un endroit d'où téléphoner. Appeler Bruce Davidson. Mais ici, il fallait frapper chez quelqu'un pour avoir accès à un téléphone, et il était convaincu que tout le monde, dans la région, connaissait ses oncles.

— Viens, ordonna Sandi en lui tendant la main. Allez, debout !

Elle était plus forte qu'elle en avait l'air, et le hissa sur ses pieds aussi facilement que s'il avait été un enfant.

— Rentrons à la maison. Viens te mettre quelque chose dans l'estomac.

Il la suivit. Ils traversaient la cour quand un vieil homme grisonnant vint à leur rencontre.

— Heck, je te présente Mick Standish. Mick, voici Heck Dinsmore, mon associé.

Mick salua d'un signe de tête. Heck Dinsmore ne répondit pas, se contentant de le dévisager de ses yeux pâles.

— Jim a dit qu'il arrivait tout de suite, annonça-t-il.

Il s'éloigna sans ajouter un mot.

— Heck est un peu ours, dit Sandi. N'y fais pas attention, Mick. Eh, Heck, le petit déjeuner sera prêt dans dix minutes !

La maison de Sandi, de dimensions modestes, était bien entretenue. La cuisine ensoleillée était la principale pièce du rez-de-chaussée. Sandi installa Mick devant une grande table de pin et lui versa un verre de jus d'orange. Elle commença à préparer le petit déjeuner.

— Des crêpes, ça te va ?

Mick acquiesça. Il adorait les crêpes. Personne ne savait aussi bien les faire que sa mère.

— Alors, m'expliqueras-tu ce qui t'est arrivé ? demanda Sandi en cassant un œuf sur le rebord d'un grand bol. Tu te sauvais ou tu es allé admirer les étoiles et tu as oublié de rentrer ?

Elle parlait d'un ton badin, mais ses yeux gris ne riaient pas.

Il haussa les épaules.

— Je me suis perdu, c'est tout.

Au regard qu'elle lui lança, il vit qu'elle avait compris le message : je ne veux pas en parler.

— Ce sont des choses qui arrivent, je peux le comprendre, dit-elle. Jusqu'à un certain point. Que je sache, il n'y avait pas de brouillard la nuit dernière, et encore moins une de ces grosses tempêtes de neige comme on peut en avoir par ici en hiver. Le genre de tempête où tu ne vois rien à trois pieds. C'est vrai que tu ne connais pas la région, et qu'il fait bien plus noir la nuit ici qu'en ville. Je comprends que tu aies pu te perdre et aboutir dans ma grange. Mais te perdre entre la grange et la maison ? Désolée, Mick, mais je ne te crois pas.

Il piqua du nez dans son jus d'orange. Qu'elle le croie ou non, quelle importance ? Elle n'était rien pour lui. Mais pourquoi, alors, ne parvenait-il pas à la regarder en face ?

— Ton oncle Jim était très inquiet, reprit-elle. Il a demandé à tes tantes, Charlene et Anne, d'appeler tout Haverstock pour savoir si quelqu'un t'avait vu. C'est pour cette raison que je suis allée dans la grange. Je n'ai pas d'animaux. Je m'en sers pour l'entreposage. Je suis allée voir si tu n'y étais pas. Et première nouvelle...

Elle mélangeait la pâte à crêpes dans le bol avec une grosse cuiller de bois.

— Tu n'as rien à dire pour ta défense ?

— Je suis désolé, répondit Mick.

Les mots magiques pour rétablir la paix et le calme. Quel adulte au monde n'aime pas entendre un enfant reconnaître sa faute ?

La porte d'en arrière s'ouvrit puis se referma avec un claquement sec. Non, pas déjà oncle Jim, implora silencieusement Mick. Pas avant les crêpes !

C'était Heck. Il entra dans la cuisine sans un bruit, se versa une tasse de café noir et prit place à la table.

La première louche de pâte tomba dans la crêpière brûlante avec un chuintement, et une odeur délicieuse se répandit aussitôt dans la cuisine. Qu'avait-elle ajouté dedans ? Des bleuets ? Avait-elle vraiment ajouté des bleuets à la pâte ? Mick en eut l'eau à la bouche.

— Tu voulais rentrer chez toi ? reprit Sandi en préparant une nouvelle crêpe.

Mick secoua la tête.

— Tu voulais prendre un peu l'air, alors ? insista-t-elle en le gratifiant d'un sourire.

Il la regarda, perplexe, étonné par son expression joyeuse.

— Je connais ton grand-père, dit-elle. Par ici, les gens disent qu'il est un peu rigide.

Certains vont jusqu'à dire qu'il est têtu comme une mule. Il a des idées bien arrêtées et n'a pas peur de les dire — et de les répéter.

Elle empila les crêpes sur une assiette, qu'elle déposa devant Mick.

— Le beurre et le sirop sont sur la table, dit-elle. Sers-toi.

Tandis qu'il versait du sirop sur ses crêpes, elle attaqua une autre poêlée. Mick prit une bouchée et les bleuets juteux éclatèrent dans sa bouche. Il sourit de plaisir.

— Elles sont fantastiques ! s'exclama-t-il.

Sandi hocha la tête, et ne dit plus un mot jusqu'à ce qu'elle ait servi Heck, puis resservi Mick. Ensuite, elle vint les rejoindre à la table en posant une assiettée devant elle.

— Jim devrait être ici dans deux minutes, commença-t-elle. Écoute, Mick, on ne se connaît pas vraiment, toi et moi. Mais je connais bien ta famille. Je sais comment cela peut être, parfois. Je veux que tu saches que tu es toujours le bienvenu chez moi. Ce n'est pas le travail qui manque ici et, généralement, il n'y a que Heck et moi pour le faire. Chaque fois que tu as besoin de prendre l'air, tu viens ici, tu attrapes une houe ou une bêche et tu me donnes un coup de main. Je pourrai probablement te payer un peu.

Pas beaucoup, c'est sûr. Mais un peu. Et qui sait...

— Toc toc, fit oncle Jim depuis l'encadrement de la porte. Voyez-vous qui est là ?

Mick sentit son estomac se nouer. Jusqu'ici, il n'avait pas réalisé à quel point il redoutait ces retrouvailles avec son oncle. Il posa sa fourchette sans finir ses crêpes.

Oncle Jim n'était pas seul. Un homme de haute taille, en uniforme de la police provinciale, l'accompagnait.

— Bonjour Jim, bonjour Les, les accueillit Sandi avec un sourire, avant de se lever.

— Voulez-vous un café ?

— Merci, pas pour moi, répondit le policier.

Il examina Mick un moment, puis dirigea son regard vers Heck, qui se leva et alla déposer son assiette dans l'évier, même s'il n'avait pas terminé.

— Tu nous laisses tomber, Heck ? demanda oncle Jim.

C'est effectivement ce que Heck semblait faire. Il se faufila entre Jim et Les et se dirigea vers la porte d'en arrière. Mick l'aperçut par la fenêtre, quelques secondes plus tard, qui disparaissait dans la grange.

— Ce gars-là n'a pas de bon sens, commenta Jim. Il n'en a jamais eu. Pas surprenant que sa femme l'ait quitté. Je n'ai jamais compris pourquoi tu l'avais pris pour associé, Sandi.

— Et depuis quand te mêles-tu de mes affaires ? rétorqua sèchement Sandi.

Visiblement, elle n'appréciait guère l'attitude de Jim.

Celui-ci leva les mains en l'air en signe de reddition.

— D'accord, d'accord. Je te fais mes excuses. On ne peut pas éternellement reprocher à quelqu'un son passé.

Tiens donc, pensa Mick, qui aurait voulu enregistrer ce propos de son oncle.

— Vous êtes sûr que vous ne voulez pas un café ? répéta Sandi en soupirant. Je viens de le faire.

— Non merci, répondit Jim. Cela fait des heures que je suis debout, et je n'ai pas encore commencé ma journée. Et je suis sûr que Les a encore un ou deux criminels à attraper, pas vrai ?

Celui-ci se mit à rire.

— Certainement, répondit-il. Sans compter une grosse enquête qui m'attend. Une vache qui s'est échappée. Ou un chien qui vagabonde dans le village sans son collier.

— Je parie plutôt que c'est ton jeu d'échecs qui t'appelle et que tu veux rentrer pour aller réfléchir à ton prochain coup, lança Sandi.

Elle croisa le regard perplexe de Mick.

— Les et ton oncle Jim sont des passionnés d'échecs, expliqua-t-elle. Ils ont toujours une partie en route. Et qui va gagner celle-là ?

— À vrai dire, c'est moi, répondit oncle Jim. Bon, assez perdu de temps avec cette histoire, ajouta-t-il en regardant Mick dans les yeux. À coup sûr, il attendait que celui-ci prononce, d'un ton humble, les fameux mots magiques : « je suis désolé ».

En vain.

— Ta tante Charlene était malade d'inquiétude, insista oncle Jim.

Mick ne répondit toujours pas.

— Allez, viens ! Je vais t'apprendre à pelleter du fumier. Je sais que tu en meurs d'envie depuis que tu es ici.

Il se mit à rire et lui asséna une bonne claque dans le dos.

Sa mère ne lui avait jamais raconté en détail ce qui s'était passé. Elle parlait toujours de l'« accident ». Ou de « cette nuit-là ».

« Qu'ils racontent ce qu'ils veulent, répétait-elle. Ton père n'a rien fait de mal. » Mick en était arrivé à la conclusion que quelqu'un était mort, et que Dan avait été condamné à la prison à cause de ça. Une fois — il devait avoir six ou sept ans — des gamins lui avaient vraiment mené la vie dure à l'école ; il avait pris son courage à deux mains et demandé à sa mère s'il... — il ne disait jamais Dan ni Papa, ni même mon père. Il avait demandé : est-ce qu'il a tué quelqu'un ?

Sa mère avait pâli, puis s'était efforcée de reprendre contenance. Elle avait assis Mick sur le canapé branlant du salon, s'était installée à côté de lui et lui avait pris les mains.

« Tu vas entendre les gens dire des choses », avait-elle dit. Ses lèvres tremblaient et elle avait les mains glacées. « Les gens vont raconter toutes sortes de choses, même quand ils ne savent pas de quoi ils parlent. Ton père ne devrait pas être en prison. Il n'a rien fait. Jamais il ne ferait intentionnellement du mal à un autre être humain. Cette histoire a été une terrible erreur qu'il a payée dix fois plus qu'il n'aurait dû. Tu comprends, Mick ? Tu comprends ce que je te dis ? »

À cette époque, ce que comprenait Mick, c'est que son père était un innocent accusé à tort. Un peu plus tard, après la mort de sa mère, les soirs où il ne trouvait pas le sommeil à cause du vacarme de la télé que son père montait à plein volume pour qu'il n'entende pas ses sanglots, Mick repensait encore et encore à ce qu'avait pu vouloir dire sa mère. Et quand il fut trop tard pour l'interroger, il se rendit compte qu'elle lui avait toujours parlé en code : « là-bas », pour dire la prison, « ces gens-là » pour désigner la commission des libérations conditionnelles, « ce terrible accident » pour évoquer les facteurs qui avaient conduit son père sous les verrous. Jamais elle ne lui avait dit qu'il y avait eu mort d'homme. Ce n'est qu'à Haverstock que Mick s'était retrouvé face aux conséquences de l'« accident » en question. Et il ne savait toujours pas exactement ce qui était arrivé. Ni sa mère ni Dan ne lui en avaient soufflé mot.

Il regarda le ciel par la fenêtre de la chambre de sa cousine, en se disant que ce séjour à Haverstock était l'occasion rêvée pour découvrir la vérité.

Il sortit de la maison pour se rendre jusqu'au hangar où son oncle Jim bricolait sur le moteur de son tracteur.

— Si tu n'as pas besoin de moi, dit Mick, je vais aller chez Sandi.

Oncle Jim lui lança un regard interrogateur.

— Qu'a-t-elle de plus que moi ?

— Elle m'a offert de travailler pour elle. Elle m'a dit qu'elle me paierait.

Oncle Jim haussa les épaules.

— Rien à redire à ça, je suppose. Mais rentre souper.

— Dites-le-moi, demanda Mick à Sandi Logan.

Il se tenait derrière elle, tandis qu'elle fouillait dans la cabane à outils. Il lui avait dit qu'il était venu pour travailler, et c'était vrai. Il avait besoin d'argent et, jusqu'à présent, l'offre de Sandi représentait la seule possibilité d'en gagner. Mais il était revenu chez elle pour une autre raison. Une raison plus importante.

— Racontez-moi ce qui s'est passé, tout ce que vous savez.

Sandi fronça les sourcils en lui tendant un sarcloir, puis jeta un coup d'œil à Heck qui, assis dans l'ombre de la grange, était occupé à aiguiser les lames de ce qui ressemblait à une énorme paire de cisailles. Heck resta impassible, et Mick ne put deviner s'il avait ou non entendu.

— Vraiment, Mick, commença-t-elle, je ne crois pas que je puisse te dire quoi que ce soit que tu n'aies pas déjà entendu une centaine de fois. Ta mère a bien dû...

Elle s'interrompit, secoua la tête.

— C'est vrai, tu étais petit. J'imagine qu'elle n'a pas voulu te...

Pas voulu quoi ? se demanda Mick. Pas voulu le rendre malheureux ? Eh bien, il *était* malheureux, à cause de ce silence et parce qu'il se rendait compte que ce n'était peut-être pas pour lui épargner du chagrin que sa mère ne lui avait rien dit. Peut-être n'avait-elle tout simplement pas voulu lui dire la vérité. Peut-être avait-elle même menti pour protéger Dan, sans penser une seconde à ce que ce mensonge pourrait signifier pour lui. Peut-être que, dans son cœur, Dan passait avant Mick. De toute façon, cela revenait au même, songea Mick.

— Racontez-moi, répéta-t-il.

Sandi tourna à nouveau la tête vers Heck, puis alla s'asseoir à l'arrière d'une vieille charrette en invitant Mick à prendre place à côté d'elle.

— Dan était à l'hôtel ce soir-là, commença-t-elle lentement. Il a pris quelques bières. Je le sais, parce que j'étais serveuse. Je servais probablement quatre bières sur cinq à Haverstock à l'époque, et c'est moi qui ai servi Dan ce soir-là. C'était un mercredi, et il n'y avait pas grand monde. Une douzaine de clients, tout au plus. Dan en était un. Barry McGerrigle un autre. Barry était plus âgé, à peu près du même âge que ton grand-père. Il était propriétaire de cette ferme alors. Une ferme laitière. Cet été-là, Dan avait travaillé pour Barry. N'oublie pas, ton père n'était guère qu'un gamin à l'époque, il n'avait que dix-neuf ans.

Mick hocha la tête, même si c'était la première fois qu'il voyait les choses sous cet angle.

— Il faisait les quatre cents coups. Ton grand-père avait un mal de chien à le tenir. Il faisait la grasse matinée au lieu d'aller aider ton oncle Jim ou ton oncle Buddy aux labours, aux semailles ou aux foins, ou bien il sortait tard le soir, baladait ta mère dans tous les coins du comté ou prenait un coup avec ses copains. Mais il s'était un peu calmé depuis que ta mère avait commencé à parler mariage et, à la surprise générale, il n'essayait pas de la faire changer d'avis. Je pense que ta grand-mère comptait même sur Lisa — ta mère, j'entends — pour influencer Dan et réussir à en faire un honnête citoyen.

Bref, il avait travaillé pour Barry McGerrigle presque tout l'été et, apparemment, Barry ne lui avait pas versé le montant sur lequel ils s'étaient mis d'accord. C'est du moins ce que prétendait Dan. Barry n'était pas du même avis. Cette histoire avait mis Dan hors de lui, et ça durait depuis déjà un bon moment. Il s'était plaint à tout le monde. Il racontait partout que Barry était un rat. Barry n'appréciait pas du tout, mais pour être honnête, il n'y avait pas grand monde qui trouvait l'insulte exagérée. Barry avait une certaine réputation. Je ne veux pas dire qu'il était pingre. Disons qu'il détestait voir le moindre sou sortir de ses poches.

Mick se permit de sourire.

— Quand Barry est arrivé au bar, Dan avait déjà quelques bières dans le nez, et je n'avais même pas servi Barry qu'il lui était déjà tombé sur le dos en lui réclamant son argent et en le traitant de tous les noms. « Tu sais pourquoi j'ai besoin de cet argent, lui criait-il, et si tu ne me le donnes pas... » Ils en sont venus aux mains...

La porte de la grange claqua soudainement, interrompant le récit de Sandi. Les cisailles que Heck était en train d'aiguiser gisaient à présent sur l'herbe. Heck avait disparu.

— Pourquoi est-il parti comme ça? demanda Mick.

Sandi hocha lentement la tête.

— Heck n'aime pas entendre cette histoire, expliqua-t-elle. À l'époque, c'était un client régulier du bar de l'hôtel. Il y était ce soir-là. En fait, il a participé à la bagarre. Lui aussi avait des démêlés avec Barry McGerrigle.

Mick haussa le sourcil, mais Sandi ne sembla pas le remarquer.

— À vrai dire, pas mal de gens avaient une dent contre McGerrigle. Il avait ce qu'on appelle un sale caractère. Alors quand Heck a vu ton père lui voler dans les plumes, il s'en est mêlé lui aussi. Certains diraient même qu'il l'a incité à se battre. La seule bonne chose, dans cette sale histoire, c'est qu'ensuite, Heck a arrêté de boire. Ça l'a guéri de la bouteille.

Mick hocha la tête avec impatience. Le sort de Heck ne l'intéressait pas. Il voulait connaître les faits.

— Et que s'est-il passé ensuite?

— Il m'a fallu trouver de bons arguments, mais j'ai réussi à convaincre Barry de s'en aller et j'ai appelé ton oncle Jim pour qu'il vienne chercher Dan. C'est ce qu'il a fait. Jim et Dan sont sortis du bar. Je commençais juste à respirer quand je les ai aperçus sur le terrain de stationnement en train de se chamailler à propos des clefs de la voiture. D'où j'étais, j'avais l'impression que Dan ne voulait pas que Jim conduise. Il avait bu quelques bières de trop et il était encore dans tous ses états parce que Barry ne lui avait pas payé son dû. Bref, les deux frères bataillaient pour les clefs et j'ai même cru un moment qu'ils allaient en venir aux coups. Puis, Dan a dit quelque chose — je n'ai pas pu entendre ses paroles, bien sûr, mais ça a immédiatement calmé Jim. Il a lancé les clefs à Dan, qui s'est mis à rire, a grimpé dans la voiture et pris le volant. J'ai entendu le bruit du moteur et, juste au moment où la voiture démarrait, Jim a ouvert la portière côté passager et sauté dans l'auto en marche. C'est tout ce que j'ai vu.

— Mais vous devez bien savoir ce qui s'est passé ensuite, la relança Mick.

— Tout ce que je sais, je l'ai appris par d'autres personnes. Dan et Jim sont passés devant chez Barry en rentrant chez eux. Barry promenait son chien sur le bord de la route. Il a été happé par l'auto de Dan et il est mort. Je suppose que tu connais la suite.

Mick avait commencé à trembler au milieu du récit. S'il n'avait pas été assis, il aurait probablement perdu l'équilibre. Sa mère lui avait toujours dit que Dan n'avait rien fait de mal, mais selon la version que venait de donner Sandi, il semblait avoir collectionné les pires bêtises ce soir-là.

— Alors d'après vous, il est coupable?

Sandi baissa les yeux et fixa le sol un moment. Quand elle releva la tête, Mick put lire sur son visage une expression de regret.

— Il a dû répondre à une accusation d'homicide involontaire. Je suis désolée, Mick, je pensais que ta mère t'avait tout raconté.

— Si je vous suis bien, reprit doucement Mick, mon père est sorti un soir, il s'est saoulé bien comme il faut. Puis il a pris son auto et a ruiné sa vie, celle de ma mère et la mienne. Est-ce que je me trompe?

— Tu n'oublierais pas quelque chose? lança une voix derrière lui.

Il se retourna pour tomber nez à nez avec la fille de Wanda Stiles qui le fixait de ses yeux vert mousse.

— Il a aussi tué mon grand-père.

5

— Jessie! Qu'est-ce que tu fais ici?

Sandi semblait aussi surprise que Mick.

— Je travaille ici, vous aviez oublié? Et *lui*, que fait-il ici?

Mal à l'aise, Sandi s'éclaircit la voix.

— Il travaille ici, lui aussi.

Elle avait l'air de s'excuser, ce qui piqua l'orgueil de Mick. Comme si elle était gênée de sa présence. Elle regrettait probablement de lui avoir offert du travail. Il lui rendit son sarcloir d'un geste brusque.

— Laissez tomber. Je m'en vais.

Jessie examinait froidement Mick de ses yeux verts. Elle reprit le sarcloir des mains de Sandi et le lui tendit.

— Je sais qu'il y a énormément de travail à faire ici, lui dit-elle. Je sais aussi que Sandi a besoin d'un coup de main, surtout en ce moment. Si tu as accepté de travailler pour elle, le moins que tu puisses faire, c'est de respecter le contrat. Pas vrai, Sandi ?

Sandi eut l'air surprise, puis soulagée.

— C'est vrai, dit-elle. On a conclu un marché, Mick : une journée de travail pour une journée de salaire. Tu ne vas pas me laisser tomber, hein ?

Mick les regardait toutes les deux, perplexe. Elles n'avaient pas l'air de plaisanter, et voulaient apparemment qu'il reste.

— Jessie va te montrer ce qu'il y a à faire, dit Sandi en grimaçant un sourire. À tout à l'heure.

Jessie s'éloigna de la maison en direction d'un champ et Mick lui emboîta le pas. Ils marchèrent en silence, Mick traînant derrière en se demandant ce qu'elle pensait de lui et si elle le détestait à cause de ce que son père avait fait.

Elle le conduisit jusqu'au bout du champ et s'arrêta devant la clôture. De l'autre côté, il y avait une route goudronnée, dont les deux voies étaient séparées par un large terre-plein renforcé par une petite bordure de ciment. La route semblait désaffectée, comme si personne ne l'avait empruntée depuis des années. Les mauvaises herbes avaient envahi le bitume en maints endroits, ce qui lui donnait l'apparence d'une courte-pointe mal cousue.

— C'est ici que ça s'est passé, tu sais? dit Jessie.

Mick la regarda. L'accident. Il fixa la route, puis tourna à nouveau la tête vers Jessie. Qu'est-ce qu'elle voulait? Remuer le fer dans la plaie? Vas-y, songea-t-il, lugubre. J'ai la peau dure.

— Si tu suis la route dans cette direction, tu aboutis chez ton grand-père, reprit Jessie. Ils ont construit une nouvelle route deux ans après, là-bas.

Elle pointa le doigt vers la ferme.

— Celle-là est abandonnée. Mais c'est exactement ici que ça s'est passé.

Elle fit quelques pas le long de la clôture et indiqua une petite zone plus foncée sur la route. Mick n'y vit qu'une tache comme les autres.

— Ma mère m'emmenait ici, quand j'étais petite. Tu vois ce tuyau de drainage, là?

Il hocha la tête. Le tuyau émergeait au bord de l'accotement de gravier et s'ouvrait sur le profond fossé qui bordait la clôture.

— Ma mère m'a raconté que le tuyau était rouge du sang de mon grand-père. Elle m'a dit qu'il était resté longtemps taché, que la pluie ne parvenait pas à laver les traces.

Mick fixait le tuyau, l'imaginant couvert de sang.

Jessie se tourna vers lui et planta ses yeux dans les siens.

— Franchement, dit-elle, je trouve ça difficile à croire. Le sang ne reste pas comme ça sur du métal, surtout après une bonne pluie. Mais ma mère a le don de dramatiser les choses. On ne peut pas la blâmer, j'imagine, vu que c'était son père.

Elle se détourna de la route et dirigea son regard vers les champs, le dos contre la clôture.

— Il y en a qui disent que les Standish veulent posséder toutes les terres du comté, dit-elle. Ou que les Elliott se croient supérieurs à tout le monde. Ils disent aussi que c'est au fruit qu'on connaît l'arbre...

Ils disent ? Qui ça, *ils* ? Et elle alors, songea Mick. Que pense-t-elle ?

— Il y a des tas de gens à Haverstock qui vont te juger sur le seul fait que tu es le fils de Dan Standish, reprit-elle.

Mick fixa ses yeux verts. Il lui fallut plus de courage qu'il pensait pour lui poser la question.

— Et toi ?

— Moi ? répondit-elle en haussant les épaules. J'aime bien me faire ma propre opinion. Si je décide que tu ne me plais pas, ce sera pour une raison qui m'appartiendra, et non pas parce quelqu'un m'aura dit de ne pas t'aimer à cause d'un événement qui est arrivé avant ta naissance. Je n'ai jamais connu mon grand-père, et c'est dommage. Mais ce n'est pas de ta faute. Cette histoire-là — elle montra d'un mouvement de tête l'endroit où son grand-père avait trouvé la mort — n'a rien à voir avec toi ou avec moi. D'accord ?

Mick acquiesça.

— Parfait, dit-elle, et elle sourit. À présent, montre-moi comment tu sais te servir d'un sarcloir.

— Si elle veut voir Mick, je ne vois pas où est le mal, disait tante Charlene au moment même où Mick entrait dans la cuisine.

— Qui veut me voir ? demanda l'intéressé.

Tante Charlene se retourna brusquement, les mains toutes enfarinées, prête à rouler sa pâte pour une autre tarte. Jamais Mick n'aurait pu imaginer qu'on puisse confectionner autant de tartes. Si les organisateurs du concours qu'elle préparait le nommaient juge, il lui décernerait le premier prix pour sa tarte aux pêches et gingembre. Il n'avait jamais rien goûté d'aussi savoureux.

— Qui veut me voir ? répéta-t-il.

Oncle Jim secoua la tête pour lui signifier qu'il ne pouvait pas choisir de pire moment pour faire son entrée.

— Ta grand-mère, répondit-il. La mère de ta mère. Edith Menzies.

Sa grand-mère ? Sa mère ne lui avait jamais dit que sa propre mère était en vie. Il avait toujours cru que ses grands-parents étaient morts.

— Elle vit à la maison de retraite à Haverstock, expliqua tante Charlene. Elle est âgée, mais elle a encore toute sa tête.

— Tu surestimes peut-être un peu ses capacités, commenta oncle Jim.

Tante Charlene lui lança un regard noir.

— Elle a appris que tu étais à Haverstock, Mick, et elle veut te voir. Je t'y emmènerai après le souper si tu veux.

C'était étrange de voir une femme aussi menue que tante Charlene manier avec une telle dextérité la grosse camionnette d'oncle

Jim. La conduite d'un quatre roues motrices n'avait pas de secret pour elle, pas plus que le maniement d'une boîte de vitesses récalcitrante. Elle manœuvra sans sourciller le gros véhicule dans la minuscule cour de la maison de retraite. Tandis que Mick la regardait se garer en marche arrière près de la porte latérale du bâtiment, il songea qu'il y avait peut-être chez elle d'autres qualités qui lui avaient échappé, et que la vie de sa tante ne se résumait pas aux rouleaux à pâtisserie, aux tabliers en tissu éponge, aux recettes de tartes et aux rêves d'une cuisine flambant neuve.

La maison de retraite était ensoleillée et propre, le personnel souriant et apparemment ravi de le rencontrer. Deux personnes âgées qui avaient connu Dan demandèrent poliment de ses nouvelles. Mick se demanda jusqu'à quel point cette courtoisie était sincère.

Tante Charlene le conduisit le long d'un large couloir jusqu'à un solarium où une douzaine de personnes âgées étaient installées devant un téléviseur à grand écran. De loin, la scène semblait presque idyllique : un groupe de vieillards rassemblés en fin de journée pour se divertir ensemble.

Mais quand Mick entra dans la pièce, il s'aperçut que le volume de la télé avait été monté au maximum à l'intention des spectateurs durs d'oreille, et que certaines personnes ne regardaient même pas l'écran ; les yeux dans le vague, elles fixaient des choses qu'elles étaient seules à voir. La moitié d'entre elles étaient en fauteuil roulant. Mick fut soulagé de voir que sa grand-mère était l'une des pensionnaires qui regardaient réellement le jeu télévisé.

Après que tante Charlene eut fait les présentations, Edith Menzies leva les yeux pour examiner Mick quelques secondes, puis se mit péniblement debout et sortit de la pièce en traînant des pieds. Déconcerté par ce manque d'enthousiasme, Mick jeta un coup d'œil à sa tante.

— Je crois qu'elle veut te voir en privé, cria sa tante par-dessus le vacarme de la télé. Allons dans sa chambre.

Mick acquiesça et suivit la silhouette courbée de sa grand-mère. Elle était déjà installée dans sa chaise berçante près du lit quand ils entrèrent.

— Pas de doute, tu ressembles à ton père.

Dans sa bouche, cela n'avait rien d'un compliment.

— Et comment va-t-il ? ajouta-t-elle.

— Bien, je pense.

— Il est sorti de prison ?

Elle avait le visage ridé comme une vieille pomme, des yeux délavés et cruels. Rien de la gentillesse que Mick associait à sa mère ou aux grands-mères en général.

— Il est sorti, dit-il.

— Approche-toi.

Mick s'avança prudemment.

— Assieds-toi.

Il se percha, tout raide, sur le rebord du lit.

— Parle-moi de ta mère, reprit-elle d'une voix moins dure. Je ne l'ai jamais revue après son départ de Haverstock. Elle était furieuse contre moi, et pour te dire la vérité, c'était réciproque. A-t-elle été une bonne mère ?

Tante Charlene se dirigea vers la porte.

— Je vous laisse, dit-elle doucement. Prends tout ton temps, Mick, je t'attends dehors.

— Alors ? demanda Edith Menzies. Vas-tu répondre à ma question ?

— Elle a été une bonne mère, dit-il.

Autant que peut l'être une mère qui cache la vérité à son unique enfant, ajouta-t-il en son for intérieur.

— Elle devait être vraiment fâchée pour refuser de vous parler ou de vous voir pendant neuf ans, ajouta-t-il, sans pouvoir s'empêcher de se demander si elle, Edith Menzies, avait été une bonne mère.

La vieille femme secoua doucement la tête.

— Lisa était têtue, dit-elle. Têtue et trop fière pour admettre ses erreurs. Et toi ? De qui tiens-tu ? Es-tu irresponsable et cinglé comme ton père, ou têtu et orgueilleux comme ta mère ?

Elle n'attendit pas la réponse, et se remit à parler.

— Ton grand-père et moi avons dû attendre longtemps la joie d'avoir un enfant. Et quelle fillette intelligente, dès le début ! Ta mère a toujours été l'élève la plus brillante de sa classe. Après son cours secondaire, tout le monde a cru qu'elle irait à l'université. On lui avait offert plusieurs bourses, tu sais. Tout ce qui lui restait à faire, c'était de choisir l'école où elle irait. Elle avait un petit ami très bien aussi. Non, pas ton père. Lui, elle l'avait fréquenté et quitté à plusieurs reprises quand elle était au secondaire. Un jour, elle déclarait qu'elle était amoureuse de Dan Standish ; le lendemain, elle ne le trouvait pas assez sérieux et disait qu'il ne se rangerait jamais. Puis, elle a commencé à sortir avec Les Culver. Il venait de terminer sa formation en techniques policières et avait été nommé ici, dans la police provinciale. Il y est encore, tu sais.

— Je l'ai rencontré, dit Mick, en se rappelant la scène dans la cuisine de Sandi.

— C'est un homme bien. Sur qui on peut compter. Quand Lisa a commencé à le fréquenter, j'ai pensé qu'enfin, elle avait trouvé quelqu'un qui allait la rendre heureuse et prendre soin d'elle. Les l'aurait encouragée à poursuivre ses études, et il l'aurait attendue. Ils auraient pu aller loin, tous les deux. Elle aurait pu avoir tout ce qu'elle désirait. Il aurait pu faire carrière. J'avais de si grands espoirs pour elle. Et puis elle est retombée amoureuse de Danny. Follement amoureuse, comme elle disait. Et enceinte. Je me souviens du soir où elle me l'a annoncé. Je n'ai pas honte de dire que j'étais vraiment hors de moi. Lisa aurait pu avoir tout ce qu'elle voulait, aller n'importe où. Avoir n'importe quel homme qui lui plaisait. Mais non, c'était Dan Standish qu'elle voulait, et elle a annoncé son intention de l'épouser. Et c'est ce qu'elle a fait.

Même après ce qui s'est passé. Elle est allée chercher monsieur Engle, le pasteur de l'Église Unie, et il les a mariés dans sa cellule. Peux-tu l'imaginer? Elle refusait de croire qu'il avait fait quelque chose de mal. Les a bien essayé de la raisonner. Danny était saoul, lui a-t-il dit, trop saoul pour conduire. Mais elle ne voulait rien entendre. Et quand Dan a été envoyé en prison, elle est partie pour rester pas loin de lui — pour qu'il puisse voir son enfant, à ce qu'elle disait. Nous nous sommes violemment disputées avant son départ. Je lui ai dit qu'elle était folle de le suivre, qu'elle devait plutôt penser à elle et à son enfant, et oublier Dan Standish. Elle ne m'a jamais plus reparlé depuis. Je lui ai écrit. Elle a renvoyé toutes mes lettres sans les avoir ouvertes.

— Lui avez-vous déjà envoyé de l'argent? demanda Mick.

Sa grand-mère lui jeta un regard étonné.

— De l'argent? Moi? Ton grand-père ne nous a laissé que des dettes. J'ai dû vendre la ferme après sa mort. J'ai vivoté comme j'ai pu en travaillant au petit casse-croûte du bazar, et je n'ai jamais pu économiser un sou. Non, je ne lui ai jamais envoyé d'argent.

Elle plongea les yeux dans ceux de Mick.

— Dis-moi, à présent, est-ce qu'elle t'a élevé comme il faut ? T'a-t-elle parlé de moi ? Est-ce que ça a été dur pour elle... à la fin ?

Sa voix se brisa soudain, et les larmes lui montèrent aux yeux. Elle se mit à pleurer, les épaules secouées par les sanglots.

— J'aurais dû faire le premier pas. Je n'aurais pas dû être aussi têtue qu'elle. J'aurais dû ravaler mon orgueil et prendre l'autobus pour aller la voir, au moins une fois.

Mick regardait, impuissant, la vieille femme. Puis, maladroitement, parce qu'il ne savait pas quoi faire d'autre, il posa la main sur son épaule. Elle leva les yeux vers lui et réussit à sourire faiblement tout en essuyant ses larmes avec un mouchoir.

Cette nuit-là, Mick ne put trouver le sommeil. Il repensait à ce que Sandi lui avait raconté, une histoire complètement différente de celle qu'il avait entendue de la bouche de sa mère. Il repensa aussi à sa rencontre avec sa grand-mère, imaginant ce qu'aurait été la vie de sa mère si elle n'était pas tombée amoureuse de Dan Standish. Mais il pensait surtout à cette tache que Jessie lui avait montrée, sur la route. Quelque chose clochait. Si l'accident s'était effectivement passé à l'endroit indiqué par Jessie, il y avait quelque chose qui ne collait pas du tout.

— Raconte-moi encore une fois, lui demanda-t-il le lendemain.

— Raconter quoi?

— Ce qui s'est passé, exactement.

— Mick, je...

— Viens me montrer, ce sera encore mieux.

Il lui prit la main et l'entraîna presque au pas de course à travers le champ de Sandi jusqu'à la route désaffectée. Il escalada la clôture et se retourna pour l'aider, mais elle était déjà de l'autre côté.

— Montre-moi, répéta-t-il.

— Peux-tu m'expliquer, Mick...

— Je vais le faire. Promis. Mais avant, il faut que tu me dises ce que t'a raconté ta mère. Comment et où les choses se sont passées.

Elle fronça les sourcils, puis tourna lentement pour s'orienter.

— Voici le tuyau de drainage, là où ma mère disait qu'il y avait du sang. Mon grand-père était là quand l'auto l'a heurté. D'après ma mère, il marchait sur le bord de la route, de ce côté-ci...

— Là où il a été renversé ? Il marchait de ce côté-là ?

Jessie hocha la tête.

— Il allait dans cette direction, dit-elle, et il marchait de ce côté-ci de la route, sur l'accotement. Je sais bien qu'aujourd'hui, ça n'a l'air de rien, mais à l'époque, c'était *la* grande route. Si tu la suis jusqu'au bout, elle t'emmène jusqu'à la frontière.

C'était une drôle de route, d'ailleurs, avec ce large terre-plein cimenté qui séparait les deux voies.

— On dirait qu'il y a déjà eu trois voies, dit Mick.

— C'est exact. Au moment où ils ont construit la route, ils avaient prévu une troisième voie pour permettre aux voitures de doubler.

Mick fixa à nouveau la route, imaginant ce qui pouvait se passer quand deux conducteurs arrivant en sens inverse décidaient de doubler en même temps.

— Ça devait être dangereux, fit-il.

— Ça l'était. Ma mère raconte qu'il y avait une ou deux collisions frontales par an. Ils ont supprimé la voie du centre et ont posé cette bordure en ciment pour que personne ne roule dessus.

— Est-ce qu'elle était déjà là, la bordure, il y a quinze ans ?

Jessie fit un signe affirmatif.

— Ton grand-père marchait donc là, tournant le dos aux voitures qui se dirigeaient dans le même sens. C'est ça ?

Il espérait qu'elle allait dire non, que cela aurait été trop dangereux, que son grand-père marchait toujours face aux voitures, qu'il était de l'autre côté de la route.

— Oui, il marchait sur l'accotement, de ce côté-là, répondit-elle. Monsieur Patate n'aurait jamais accepté de se promener en face.

— Monsieur Patate ?

— Le bouledogue de mon grand-père. Il aimait suivre cette clôture. De l'autre côté, c'est du fil de fer barbelé.

Mick regarda de l'autre côté de la route. Elle avait raison.

— Le champ de l'autre côté appartenait à quelqu'un d'autre, un très vieil homme qui y mettait son taureau. Un jour, Monsieur Patate s'est pris le museau dans le fil de fer barbelé, et il a toujours évité ce côté-là par la suite. Et mon grand-père suivait toujours son chien. Mais Maman dit qu'il ne se promenait jamais sans sa veste à réflecteurs, pour que les autos puissent le voir, même quand lui ne les voyait pas.

— Sa veste à réflecteurs ?

— Une vieille veste sur laquelle il avait collé du ruban phosphorescent. Devant et derrière. Maman l'a gardée. Il y avait une grande croix dans le dos et deux autres en avant. Il paraît que les gens du coin trouvaient ça très drôle. D'ailleurs, à ce que ma mère raconte, les gens trouvaient comique que mon grand-père promène son chien.

Mick ne voyait pas ce qu'il pouvait y avoir de si drôle. Il songea aux gens qu'il voyait tous les jours sortir leur chien. Quand on a un chien, on le promène.

— Ce qui aurait été étrange, c'est qu'il ne le promène pas, non ?

Jessie sourit en hochant la tête.

— Mick, on n'est pas dans la grande ville, ici. Regarde autour de toi. C'est le paradis des chiens. Tu les lâches et ils vont courir tout seuls. Personne ne perd son temps à les promener. Personne, sauf mon grand-père. Il le sortait tous les matins à six heures, et tous les soirs à onze heures, beau temps mauvais temps. Maman dit qu'il allait le promener même en plein hiver. Un soir de tempête de neige, ma grand-mère a pensé qu'il allait mourir gelé. C'est pour ça qu'il avait la réputation d'être un original. Les gens se moquaient de lui et le taquinaient.

Les gens de la campagne sont bizarres, songea Mick. Peut-être manquent-ils de sujets de plaisanterie. À moins qu'il y ait des excentriques partout, quel que soit l'endroit où on se trouve.

— Bon, récapitula-t-il. Ton grand-père et son chien suivaient la route de ce côté, et ton grand-père portait ses réflecteurs. Ce qui veut dire que n'importe quel conducteur arrivant derrière ou devant ne pouvait manquer de le voir. C'est ça ?

Jessie fit oui de la tête.

Mick fit un demi-tour pour regarder dans la direction du village.

— Et Dan venait de là. Il arrivait en face de ton grand-père, sur l'autre voie, de l'autre côté du terre-plein. Et ton grand-père marchait sur l'accotement, de ce côté. Je ne me trompe pas ?

Jessie hocha la tête.

— Ce qui veut dire qu'il a dû voir Dan venir, même si Dan ne l'a pas vu.

— Je suppose que oui.

— Et il l'aurait remarqué, si la voiture qui arrivait en face avait zigzagué, si Dan avait perdu le contrôle.

Jessie acquiesça encore.

— Il l'aurait remarqué et il aurait réagi, non? Il aurait plongé dans le fossé, par exemple.

Jessie fronça les sourcils.

— Où veux-tu en venir, Mick?

Mick s'imagina la scène : le vieil homme, vêtu de sa veste à réflecteurs, marche le long de la route derrière son bouledogue. Il regarde au loin et voit la lumière de deux phares qui se rapprochent. Il remarque qu'ils zigzaguent un peu, mais il se sent en sécurité parce qu'il est de l'autre côté de la route, protégé par la séparation en ciment. Ou peut-être se dirige-t-il vers le fossé qui longe le bas-côté de la route. Peut-être s'apprête-t-il à sauter dans le fossé pour éviter la voiture. Mais il se croit encore en sûreté. Le terre-plein en ciment risque d'arrêter l'auto, ou du moins de le freiner. Il se dit qu'il n'a pas à s'inquiéter. Et ensuite...

— Mick, qu'est-ce qu'il y a? demanda Jessie d'un air soucieux.

Il ne put articuler un mot. Il était incapable de dire ce qu'il venait de découvrir : il ne s'agissait pas d'un accident, pas même d'un stupide accident dû à l'alcool. Il s'agissait d'un meurtre. Commis de sang-froid.

6

Mick ne parvenait pas à dormir, hanté par l'image de Dan donnant un violent coup de volant à gauche et appuyant sur l'accélérateur pour que la voiture traverse le terre-plein en ciment et aille heurter un autre être humain. Il pouvait presque entendre le bruit sourd de l'impact, la vibration de l'auto quand elle avait heurté Barry McGerrigle, et celui-ci projeté dans les airs avant de retomber sur le gravier du bas-côté, sa tête allant frapper la bordure de métal du tuyau de drainage. Il avait rebondi, puis était resté étendu, immobile. Il avait agonisé, puis était mort. Dan n'était pas un simple bon à rien stupide. C'était un assassin. Mais ce n'était pas ça le pire.

Le pire, c'était sa mère.

Mick sentit la nausée l'envahir en pensant à elle, parce qu'il avait beau examiner la situation sous tous les angles, il en arrivait toujours à la même conclusion. De deux choses l'une : soit elle avait toujours su que ce que Dan avait fait cette nuit-là n'était pas un accident, auquel cas elle lui avait menti. Menti à répétition. « Ton pauvre père, disait-elle. C'était un accident. Ton père n'a pas mérité la prison. Tu dois me croire, faire confiance à ton père. Promets-le-moi. »

Ou alors elle avait été trompée, comme lui. Elle avait cru la version de Dan — ses mensonges. Et parce qu'elle y avait cru, qu'elle avait cru qu'il était victime d'une erreur, elle l'avait soutenu. Elle l'avait suivi dans la minable petite ville voisine du pénitencier, plutôt que de rester à Haverstock ou de partir refaire sa vie ailleurs. Elle l'avait même épousé. Elle avait accepté tous les emplois qu'elle avait pu trouver, la plupart du temps sous-payés. Et presque tout ce qu'elle gagnait servait à payer les avocats. Elle avait travaillé, s'était inquiétée pour Dan et, toutes ces années, elle avait été trompée.

Il n'y avait pas d'autre option — sa mère avait été dupée ou alors elle avait menti. Dans les deux cas, Mick se sentait trahi. Il fallait qu'il sache la vérité. Ce serait la première chose qu'il demanderait à Dan à son retour, et la dernière fois qu'il lui adresserait la parole. Il n'était pas question, sachant ce qu'il savait, qu'il retourne vivre avec son père. Il se sauverait. Il irait chez les Davidson ou, si ce n'était pas possible, il fuguerait. Quoi qu'il arrive, une fois que Mick aurait fait toute la lumière sur toute l'affaire, Dan ne serait plus qu'une chose du passé.

— Que veux-tu dire ? demanda Jessie quand il aborda le sujet avec elle. Que ton père a tué mon grand-père intentionnellement ?

Mick avait d'abord décidé de ne pas lui en parler ni d'en parler à quiconque. Mais ce qu'il avait découvert ne cessait de lui ronger le cœur, comme la rouille ronge le fer, et il ne put tenir. Il s'en alla retrouver Jessie devant la ferme des Stiles, et l'entraîna dans l'allée pour s'éloigner le plus possible de la galerie où madame Stiles était assise, en train de raccommoder une salopette.

— Cela voudrait dire que c'était un meurtre, reprit Jessie, et ça ne tient pas debout.

— Pourquoi ? demanda Mick. C'est pourtant ce que ta mère a répété pendant des années.

— C'est vrai, mais elle le disait parce qu'il s'agissait de son père.

— Peut-être le disait-elle parce que c'était vrai.

Jessie secoua la tête, sceptique.

— Tu n'oublierais pas deux ou trois choses ?

— Quoi, par exemple ?

— Le fait que ton oncle Jim était dans la voiture avec ton père. Si ton père avait écrasé intentionnellement mon grand-père, ton oncle aurait remarqué quelque chose, non ? Tu ne crois pas qu'il en aurait dit un mot à la police ?

— Pas nécessairement.

Mick plongea son regard dans les yeux verts de Jessie, se demandant si elle pensait qu'il déraillait complètement. En se demandant aussi ce qu'elle penserait de lui une fois qu'il lui aurait dit tout ce qu'il savait.

— Tu dois me promettre de ne pas répéter un mot de ce que je vais te dire. En tout cas, pas avant que j'aie tiré tout ça au clair.

Le visage de Jessie se rembrunit.

— Tu ne plaisantes pas, hein ? Tu penses vraiment que ton oncle a menti à la police ?

Mick hocha la tête d'un air grave.

— Mais pourquoi ? Pour quelle raison aurait-il fait une chose pareille ?

Mick avait passé presque toute la nuit à se creuser la tête pour trouver une réponse à cette question. Pourquoi un gars aussi sensé qu'oncle Jim avait-il laissé son frère conduire en état d'ivresse ? Pourquoi n'avait-il pas fait tout ce qui était en son pouvoir pour l'empêcher de prendre le volant ?

— Je pense que Dan le faisait chanter, répondit-il à Jessie. Sandi les a vus se disputer pour savoir qui aurait les clefs. Dan a dit quelque chose — qu'elle n'a pas pu entendre — à son frère ; la bagarre a immédiatement cessé et oncle Jim a lancé les clefs à Dan. Pourquoi, à ton avis, a-t-il fait ça ?

— Je n'en sais rien.

— Parce que Dan l'a obligé à céder. Il le faisait chanter.

Mick résuma brièvement la conversation entre ses deux oncles qu'il avait entendue dans la grange.

Jessie restait sceptique.

— Et tu crois qu'il a aussi obligé ton oncle Jim à dire que c'était un accident alors que c'était un meurtre ?

Mick sentit son cœur se serrer violemment, comme la première fois que cette idée lui était venue à l'esprit.

— C'est exactement ce que je pense. J'aimerais parler à quelqu'un qui a suivi l'affaire. Quelqu'un qui pourrait me dire précisément qui a dit quoi, me renseigner sur les témoignages, sur les preuves.

— Pourquoi ne parles-tu pas à ton oncle ?

Mick secoua la tête.

— S'il a menti pour cacher un meurtre, c'est grave. Si je lui pose des questions, il va refuser de répondre ou il va faire ce qu'il a fait il y a quinze ans. Il va mentir.

Jessie hocha la tête. Elle réfléchit quelques secondes.

— Monsieur Dietrich pourra t'aider.

— Qui ça ?

— Monsieur Dietrich. L'avocat de ton père. L'homme que ma mère déteste le plus au monde, après ton père — sans vouloir t'offenser. Et c'est probablement la personne qui en sait le plus sur ce qui s'est passé cette nuit-là, à part ton père et ton oncle.

— Sais-tu où je peux le trouver ?

— Bien sûr. Il a un cabinet à Morrisville. On peut demander à Heck de nous y emmener.

Mick fit la grimace. Heck, ce vieil ours aigri ?

— Il n'est pas aussi méchant qu'il en a l'air, dit Jessie en riant. Et il va toutes les semaines à Morrisville voir son docteur.

— Vous n'avez pas de médecin, ici ? lança Mick, surpris.

— Bien sûr que si, rétorqua Jessie comme s'il l'avait insultée, et Mick regretta sa question. Nous avons des médecins. Mais pas de cardiologue.

— Heck est cardiaque ?

Jessie hocha la tête. Elle consulta sa montre.

— En se dépêchant, on a une chance de l'attraper avant son départ.

Pendant les deux premiers kilomètres, Heck n'ouvrit pas la bouche, et Mick pensa que le trajet se ferait sans douleur. Il regardait défiler par la vitre le bas-côté de la route, les clôtures, les fossés, les prés où paissait du bétail, les champs de haricots, de maïs, de pois et de courges avec leurs rangées de plants d'un vert tendre soigneusement alignés. Jessie, assise au milieu, garda les yeux fixés droit devant elle durant tout le voyage, indiquant de temps à autre quelque chose d'intéressant.

— Où voulez-vous que je vous laisse, à Morrisville ? demanda brusquement Heck.

Mick ne sut pas quoi répondre. Il jeta un coup d'œil à Jessie, pour attirer son attention et lui faire comprendre qu'il ne voulait révéler leur destination à personne, pas même à ce bon vieux Heck. Mais elle s'était déjà tournée vers Heck, et Mick ne put que lui donner un petit coup de coude.

— Vous pouvez nous laisser sur la place, dit-elle.

Si elle avait compris son message, elle n'en laissa rien paraître.

— Vous allez au cinéma ? demanda Heck.

— C'est ça, s'empressa de répondre Mick.

La couverture idéale, songea-t-il. Et qui met un point final à la discussion.

— Bien sûr que non, lança Jessie. Mick voulait voir un film, mais le seul qui passe cet après-midi, c'est un film pour enfants. Non, nous allons juste nous balader. Passer à la librairie. Un bouquin, ça vaut mieux que n'importe quel film — en tout cas, c'est ce que répétait mon père. Mick est un mordu de romans policiers, vous savez.

— C'est vrai ? demanda Heck.

La conversation s'arrêta là.

— Je n'en ai pas pour longtemps, leur dit Heck, quand il eut garé la camionnette sur la place. Si vous voulez que je vous ramène, soyez ici à quatre heures.

— Merci, Heck, c'est très gentil de votre part, répondit Jessie en le gratifiant de son sourire le plus électrisant.

Mick faillit tomber à la renverse en voyant le vieil homme rougir.

— Tu vois ? lui dit Jessie quand la camionnette redémarra. Je t'avais bien dit qu'il n'était pas si méchant.

— Tu plaisantes ? Avec un sourire comme ça, tu ferais fondre Dracula, le Loup-Garou et le monstre de Frankenstein en personne...

— Je le prends comme un compliment, rétorqua Jessie en lui adressant le même sourire.

Le cabinet d'Arthur Dietrich était situé dans une maison de pierre de style ancien, ornée de frises tarabiscotées et flanquée sur trois côtés d'une véranda en bois peinte en blanc. À côté de la porte d'en avant, une enseigne en métal émaillé indiquait : A. Dietrich, Testaments et Successions.

— Tu es sûre que c'est la bonne personne ? demanda Mick.

— Absolument. Sa fille joue dans mon équipe de basket, à l'école. Il vient à tous les matchs.

Elle tira la porte à moustiquaire et entra dans une pièce fraîche mais claire, Mick sur les talons. Derrière un bureau, une femme d'une quarantaine d'années tapait sur un clavier d'ordinateur.

— Nous aimerions voir monsieur Dietrich, dit Jessie.

La dame les examina d'un œil glacial.

— Avez-vous un rendez-vous ?

— Je suis Jessie Stiles, et voici Mick Standish, le fils de Dan Standish. Je suis sûre que si vous dites à monsieur Dietrich que nous sommes ici, il acceptera de nous recevoir.

La femme semblait sceptique. Elle leur indiqua des chaises, puis décrocha le téléphone et parla quelques secondes d'une voix basse. À sa grande surprise, la porte affichant l'inscription Privé s'ouvrit aussitôt. Un homme de haute taille et presque chauve contourna le bureau et se dirigea vers eux à grandes enjambées.

— Jessie, je suis si content de te revoir, dit-il, tout en examinant Mick à la dérobée.

— Mon dieu, tu es le portrait de ton père. Je n'ai jamais vu une telle ressemblance, dit-il en lui tendant la main. Arthur Dietrich. Ravi de faire ta connaissance, Mick. Et en quoi puis-je vous être utile, à Jessie et toi ?

— Nous voudrions vous parler du père de Mick, répondit Jessie.

Monsieur Dietrich parut surpris.

— Bien sûr, dit-il, entrez, entrez.

Il les entraîna dans son bureau.

— Mais monsieur Dietrich, vous avez un rendez-vous avec monsieur Rollins dans dix minutes, rappela la secrétaire.

— Eh bien, appelez-le donc pour lui demander de venir un peu plus tard. Il ne s'en formalisera pas. Il est probablement en train de dormir derrière son bureau à l'heure qu'il est. Bob Rollins tient l'agence immobilière en face, expliqua monsieur Dietrich à Jessie et Mick. Il se réveille de temps en temps pour recalculer l'intérêt qu'il retire de ses investissements et traverser la rue pour venir me soutirer un avis d'ordre fiscal, gratuitement, bien sûr. Parce que c'est aussi mon beau-frère.

Il ferma la porte derrière eux et attendit qu'ils aient pris place dans deux confortables fauteuils de cuir avant de se laisser choir sur la grande chaise pivotante derrière son bureau.

— Alors, Mick, qu'aimerais-tu savoir ?

— Vous étiez l'avocat de mon père, n'est-ce pas ?

— C'est exact.

— J'aimerais que vous me racontiez tout ce que vous pouvez me dire sur son cas.

Monsieur Dietrich fronça les sourcils et jeta un coup d'œil à Jessie, qui hocha la tête.

— Toi, que sais-tu de l'affaire ? demanda-t-il.

— Pas grand-chose, avoua Mick, qui se sentait complètement idiot.

Oui, monsieur, mon père a passé neuf ans en prison. Mais non, monsieur, je n'ai aucune idée de ce qui s'est passé. Je ne sais absolument rien. Apparemment, personne n'a jugé bon de m'en informer...

— Je sais que le grand-père de Jessie a été tué, reprit-il. Et je sais que mon père a fait de la prison à cause de ça. Mais c'est à peu près tout. J'espérais que vous pourriez me raconter l'affaire en détail. À moins que tout ça ne soit confidentiel...

— Non, non, tout ça n'a rien de confidentiel, fit monsieur Dietrich, qui s'adossa contre sa chaise en poussant un soupir. Mais c'est si loin... Attends, cela devait faire à peu près deux ans que j'étais installé ici — j'avais ouvert ce cabinet en sortant de la faculté de droit — quand un beau jour, ton grand-père m'a appelé pour me demander d'aller à la prison voir ton père. À l'époque, je faisais de la pratique générale — transferts de propriété, contrats, testaments, ce genre de choses. Ça marchait bien, d'ailleurs, parce que mon seul confrère, dans la région, n'était déjà plus tout jeune. J'avais travaillé pour ton grand-père — des contrats avec les conserveries. Et je travaillais aussi sur un dossier pour ta grand-mère au moment où Dan a été arrêté.

Mick fronça les sourcils. Quelque chose clochait.

— Vous n'êtes pas avocat criminaliste ?

— Non, je ne l'ai jamais été. C'était ma première affaire criminelle.

— Je ne comprends pas, dit Mick. Mon père était accusé d'un crime grave. Pourquoi mon grand-père n'a-t-il pas fait appel à un avocat spécialisé dans les causes criminelles ?

— C'est exactement la question que je me suis posée. D'ailleurs, j'ai commencé par refuser et j'ai vivement encouragé ton grand-père à s'adresser à quelqu'un de plus expérimenté. Mais il n'a rien voulu entendre. «Vous connaissez ma famille, Art, m'a-t-il dit, et nous vous connaissons.» Il trouvait important que l'on se connaisse, qu'il puisse me faire confiance. Ton grand-père m'a dit au téléphone que ton père avait été impliqué dans un accident et qu'il y avait eu mort d'homme. Il voulait que j'aille voir Dan à la prison pour évaluer ce que je pouvais faire. J'y suis allé. Ton père était dans un état plutôt lamentable. Il avait bu la veille, et semblait plutôt perdu. Quand je lui ai demandé ce qui s'était passé, il m'a dit qu'il ne se souvenait de rien. Il a admis avoir pris plusieurs bières et s'être bagarré avec Barry McGerrigle au bar de l'hôtel. Il se souvenait aussi que Jim était venu le chercher et qu'ils s'étaient chamaillés à propos des clefs de voiture. Ensuite, plus rien jusqu'à ce qu'il se réveille sur le bord de la route... sous la lumière des gyrophares de la voiture de police, et Jim qui lui disait : « Regarde un peu ce que tu as fait, Danny. » Il semblait plutôt surpris de se retrouver derrière des barreaux.

Mick hocha la tête. Il y avait là un filon intéressant, une piste qui pourrait peut-être les amener quelque part.

— Cette phrase d'oncle Jim... qu'est-ce qu'il voulait dire ?

— Il devait parler du fait de conduire en état d'ivresse, répondit monsieur Dietrich avec un haussement d'épaules. En tout cas, c'est tout ce que j'ai pu tirer de ton père à ma première visite. Il ne se souvenait de rien, et j'ai pensé qu'il allait plaider non coupable. Mais quand je suis retourné le voir dans l'après-midi, il ne racontait plus du tout la même histoire. Il m'a dit que tout lui était revenu. Si tu veux mon avis, c'est Jim qui lui a rafraîchi la mémoire, parce que c'est tout de suite après la visite de Jim qu'il s'est souvenu de ce qui s'était passé. Il m'a raconté qu'il conduisait, peut-être dangereusement à cause de l'alcool, et que soudain, il a vu une silhouette surgir de nulle part sur le bord de la route et n'a pas eu le temps de l'éviter.

Mais il a quand même eu le temps, songea Mick, de traverser le terre-plein et la voie de gauche. C'est ce coup de volant qui a été fatal. Dan ne l'a pas donné pour éviter Barry McGerrigle.

— Après m'avoir raconté ce dont il se souvenait, il m'a demandé s'il allait être accusé d'homicide.

— Pourquoi d'homicide ? demanda Mick. Pourquoi pas de meurtre ?

— Il n'avait pas eu l'intention de tuer ou de blesser, répondit l'avocat. C'était un cas d'homicide involontaire coupable, dû à de la négligence criminelle.

— Hein ?

— Ton père n'aurait jamais dû conduire dans l'état où il était, expliqua monsieur Dietrich. Et il n'a rien contesté, disant que s'il était accusé d'homicide involontaire, il était prêt à plaider coupable.

— Quoi ? fit Mick qui n'en croyait pas ses oreilles. Il a vraiment plaidé *coupable* ?

Monsieur Dietrich hocha la tête.

Mick se laissa retomber dans son fauteuil. Voilà qui répondait à l'une de ses questions — mais il aurait préféré ne jamais connaître cette vérité-là. Il pensa à toutes ces années durant lesquelles sa mère avait comparé Dan à Donald Marshall... Or, non seulement Dan Standish n'avait pas été accusé comme il aurait dû l'être, mais en plus il avait plaidé coupable. C'est très stratégique, songea Mick amèrement, de plaider coupable à une accusation d'homicide involontaire quand, en réalité, on a commis un meurtre de sang-froid.

— Dan présumait que la meilleure chose pour lui était de plaider coupable. Ce qui semblait uniquement l'inquiéter, c'était la peine qu'il encourait.

On l'aurait deviné, songea Mick.

— Lui et ta mère n'étaient pas encore mariés et elle..., reprit l'avocat en rougissant. Dan s'inquiétait pour ta mère, qui allait devoir se débrouiller seule avec un enfant. Je lui ai dit qu'il était impossible de prévoir la peine qu'il aurait à purger. Tout dépendrait des circonstances et du juge qui entendrait la cause. La peine pouvait aller de quelques mois à dix ou quinze ans d'emprisonnement. Dan voulait savoir s'il avait des chances d'écoper d'une peine plus légère. Quand je lui ai dit que je ne pouvais rien lui garantir, il m'a dit que cela ne faisait rien, qu'il allait plaider coupable de toute façon. Je suppose qu'il comptait sur une peine plutôt légère. Cela aurait pu être le cas, d'ailleurs, si Delbert Johnson avait siégé.

— Qui est Delbert Johnson ?

— Le juge Delbert Johnson. Il est né et a grandi à Haverstock. Un grand copain de ton grand-père, Mick. Il connaissait aussi les garçons. Dan comptait là-dessus. Mais Del s'est lui-même retiré de l'affaire, parce qu'il craignait de ne pas pouvoir juger en toute impartialité. C'est un juge de l'extérieur qui a été assigné. Un partisan de la loi et de l'ordre, le genre qui croit aux vertus dissuasives des lourdes peines. Et il a collé le maximum à Dan. Dix ans. Mais Dan s'est comporté très honorablement, il faut lui reconnaître ça. Il a réagi comme un homme et accepté l'entière responsabilité de ses actes.

Pas l'entière responsabilité, pensa Mick. Loin de là.

— Il était prêt à payer pour ce qu'il avait fait, ce qui à mon avis dénote une certaine maturité. Il n'avait que vingt ans, et il n'a pas essayé de se défiler. Il n'a pas reporté le blâme sur quelqu'un d'autre. En fait, si cela n'avait pas été de ta grand-mère, j'aurais gardé une tout autre impression de cette affaire. L'exemple de ce jeune homme aurait été pour moi une source d'inspiration.

— Que voulez-vous dire ? Que vient faire ma grand-mère dans l'histoire ?

— Cette histoire l'a anéantie. Elle était très malade — elle menait une très dure bataille contre le cancer. Et en même temps, elle se préparait à partir. En fait, la principale raison pour laquelle j'en suis venu à connaître aussi bien ta famille, c'est que ta grand-mère voulait faire un testament. Je lui avais été recommandé par son pasteur, et je l'avais rencontrée à plusieurs reprises pour en discuter. Elle voulait léguer des terres — celles de son père — à Dan. Elle m'avait demandé de préparer les documents en secret, en me faisant jurer de n'en parler à personne de la famille. Apparemment, ton grand-père s'opposait à ce que Dan hérite de ces terres. Elle m'a donc demandé de rédiger le testament pour elle et de faire en sorte que rien ne soit divulgué avant son décès. Le fait que Dan plaide coupable après la mort de Barry McGerrigle lui a porté un coup terrible. Elle m'a appelé pour modifier le testament. Et déshériter Dan. Un mois après qu'il eut commencé à purger sa peine, son état s'est mis à empirer. Elle est morte dans l'année. Les choses n'ont plus jamais été pareilles dans ta famille par la suite — une fois ta grand-mère décédée et Dan en prison. Et c'est à peu près tout ce que je peux te dire.

— Et mon oncle Jim ? demanda Mick.

— Ton oncle Jim ?

— Vous n'avez jamais discuté avec lui de ce qui s'était passé cette nuit-là ?

— Je n'en voyais pas la nécessité.

— Pourquoi n'a-t-il pas été accusé, lui aussi ? Il avait laissé Dan conduire. C'est aussi de la négligence, pas vrai ?

— Jim a sauté dans la voiture à la dernière minute pour tenter d'arrêter Dan. Il a essayé d'éviter un désastre.

— Dommage qu'il n'ait pas réussi, murmura Mick. Il se leva et remercia monsieur Dietrich de lui avoir consacré tout ce temps. Il avait au moins trouvé réponse à une question, et peut-être à la plus importante. Mais il en restait d'autres à élucider, tout aussi troublantes.

Jessie et Mick descendaient le perron de chez monsieur Dietrich quand ils virent passer la camionnette de Heck Dinsmore devant la maison. Mick eut l'impression que Heck avait regardé dans leur direction, mais quand ils le retrouvèrent à l'endroit convenu sur la grand-place, celui-ci se contenta de leur demander s'ils avaient réussi à dénicher un bon roman policier.

Mick contempla ses mains vides.

— Non, tous ceux qu'ils avaient, Mick les avait déjà lus, dit Jessie.

— Parfait, dit Heck. Allez, en voiture.

7

Heck les laissa devant chez Jessie, juste à l'entrée de l'allée, à côté de la boîte aux lettres plantée dans un bidon de lait qu'on avait rempli de ciment. Mick jeta un coup d'œil vers la grande maison couverte de bardeaux. Sur la galerie, madame Stiles n'avait pas bougé. Elle avait les yeux tournés dans leur direction et regardait sa fille parler avec le fils d'un assassin. Elle devait le haïr de toute son âme, songea Mick.

Jessie suivit son regard. Sans l'ombre d'un sourire, elle leva la main pour faire signe à sa mère.

— Ne t'inquiète pas pour elle, dit-elle. Elle a peut-être de bons yeux, mais elle ne peut pas nous entendre.

Elle se percha sur la barrière qui séparait la propriété des Stiles du fossé rempli d'herbes folles.

— Alors, que penses-tu de ce qu'a raconté monsieur Dietrich ? demanda-t-elle.

— Pas grand-chose de bon.

Ce qui était peu dire. Comme s'il avait qualifié un ouragan de brise légère ou un séisme de petite secousse.

— Monsieur Dietrich dit qu'au début, ton père ne se souvenait de rien. D'après lui, il allait plaider non coupable, mais il a soudain changé d'avis. Qu'en penses-tu ? Aurait-il mieux valu qu'il s'en tienne à sa première idée et plaide non coupable ?

Mick s'était posé la même question pendant tout le trajet de retour et en était arrivé à la seule explication qui lui semblait logique. Mais avant de révéler ses conclusions à Jessie, il désirait vérifier sa théorie.

— Je pense qu'il est temps que j'aille parler à mon oncle, dit-il. Je sais que Dan le faisait chanter, mais j'ai du mal à croire qu'oncle Jim l'ait laissé s'en tirer avec une accusation moins grave. Ce n'est pas son genre, il me semble. Je veux savoir exactement ce qui s'est passé entre les deux visites de monsieur Dietrich.

L'idée d'affronter son oncle ne lui souriait guère, mais il ne voyait pas d'autre solution.

Jessie posa la main sur son épaule.

— Un peu nerveux, hein? fit-elle avec un sourire d'encouragement.

— Un peu, admit-il à contrecœur.

Il se rendit d'abord à la maison, mais ne trouva que tante Charlene en train de repasser une petite pile de linge.

— Sais-tu où est oncle Jim? lui demanda-t-il.

— Dans la grange, répondit-elle en lui lançant un regard circonspect. Mick, j'ai mis ton linge sale au lavage.

Mick sentit le rouge lui monter au visage. C'était sa tante, mais il la connaissait à peine. Et elle avait ramassé *tout* son linge sale et même...

— J'aurais préféré te le demander d'abord, mais tu n'es pas souvent ici.

— Il n'y a pas de problème, dit-il.

Au lieu de la remercier, il l'avait mise mal à l'aise.

Elle hocha la tête et se replongea dans son repassage.

— Tante Charlene?

Il hésita. Comment formuler sa question sans alarmer sa tante?

— Est-ce que tu connaissais bien mon père?

Elle réfléchit un moment.

— Je pense que oui.

— Comment était-il ?

La question sembla la prendre par surprise.

— Eh bien, commença-t-elle avec un léger haussement d'épaules, tu le connais...

Mick secoua la tête.

— Non, fit-il, je ne le connais pas vraiment. Et j'essaie de comprendre quel genre de gars peut faire ce qu'il a fait, et pourquoi ma mère l'a soutenu pendant toutes ces années. Pourquoi elle...

Il s'interrompit. Il allait parler de ce que sa mère lui avait fait promettre, mais il se ravisa.

— Que pensais-tu, *toi*, de mon père ? reprit-il.

Tante Charlene donna un dernier coup de fer sur un chemisier qu'elle installa ensuite sur un cintre pour l'accrocher à la porte de la cuisine.

— Disons que c'était un jeune écervelé, répondit-elle tout en sortant une serviette de table du panier à linge. Il était tellement plus jeune que Jim et Buddy. Tout le monde trouvait que sa mère l'avait trop gâté. Il n'a jamais eu à travailler autant que ses frères.

Et il savait charmer ta grand-mère pour éviter les punitions.

Elle appliqua le fer chaud sur la serviette à damiers.

— Est-ce que c'était quelqu'un de mauvais?

— Mauvais? Que veux-tu dire? fit tante Charlene, étonnée.

— Toute ma vie, je l'ai vu faire des allers et retours en prison. Est-ce qu'il a toujours été comme ça? Toujours été un raté?

— Mick!

Elle fut si surprise qu'elle en oublia ce qu'elle faisait. Mick n'y connaissait pas grand-chose en repassage, mais il savait qu'on ne laisse pas un fer chaud sur un linge sans risquer de le brûler.

— Hé, tante Charlene, dit-il en montrant le fer immobile sur la planche à repasser.

— Oh! s'écria-t-elle, en levant brusquement le fer.

Ses traits se détendirent.

— Heureusement, il n'y a pas de mal.

Elle se remit à repasser, mais sa respiration s'était accélérée et Mick savait que quelque chose la tracassait.

— Ton père n'était pas méchant, dit-elle enfin à voix basse, presque dans un murmure.

— Ah non ? répliqua Mick. Il a tué quelqu'un, c'est tout. J'ai beaucoup réfléchi depuis que je suis ici. J'ai pensé à tout ça et tu sais ce que j'aimerais savoir ? Je donnerais n'importe quoi pour savoir exactement ce qui s'est passé dans sa tête cette nuit-là, ce qui l'a poussé à agir comme il l'a fait.

Il vit la main de tante Charlene se crisper sur la poignée du fer, tandis qu'elle finissait de repasser les bords de la serviette.

— Ce qui est fait est fait, Mick, on ne le changera pas, dit-elle doucement. Je comprends que de ton point de vue, ça puisse paraître terrible. Mais je crois qu'il a payé pour ce qu'il a fait. Peut-être vaut-il mieux oublier tout ça.

— Oublier quoi ? gronda une voix depuis la porte d'en arrière.

Tante Charlene sursauta violemment.

— Jim, tu m'as fait peur à mourir !

Oncle Jim se débarrassa de ses bottes de travail et traversa la cuisine en chaussettes. Il sortit un pichet de citronnade du réfrigérateur et prit des verres dans le placard.

— Tu en veux, Mick ?

Mick hocha la tête. Oncle Jim posa un verre de citronnade devant lui, en versa un pour tante Charlene qu'il laissa sur le comptoir, et se laissa choir sur une des chaises de la cuisine.

— Alors, tu interroges ta tante sur ton père ? Ne sais-tu pas ce qu'on dit, Mick ?

Mick détestait que les gens lui disent ce genre de choses. Ils pensent tout savoir, et vous obligent toujours à répondre : non, je ne le sais pas. Comme ça, ils peuvent continuer.

Mick secoua la tête.

— Si tu veux connaître toute l'histoire, il faut aller directement à la source. J'ai grandi avec ton père. Si tu veux savoir quelque chose sur lui, demande-le-moi. Je pense pouvoir répondre à n'importe quelle question.

Tante Charlene débrancha son fer, ramassa le linge repassé et sortit précipitamment de la cuisine.

— Alors, fit oncle Jim, qu'est-ce que tu veux savoir ?

Mick leva les yeux et croisa le regard franc de son oncle. Oncle Jim, songea-t-il, ne serait pas du genre à boire et à pleurer pendant un mois si jamais il arrivait malheur à tante Charlene. Cet homme n'avait probablement jamais versé une larme de sa vie. Il paraissait aussi solide qu'un piquet de clôture et aussi placide que le lait entreposé dans les bidons de la laiterie.

— Je veux savoir exactement ce qui s'est passé ce soir-là.

Oncle Jim se mit à rire.

— Pourquoi veux-tu déterrer tout ça ? Ce qui est fait est fait. Ton père a payé. Ta mère aussi, à sa façon. Pourquoi revenir sur cette histoire alors qu'on ne peut rien y changer ?

— Qui a dit que je voulais changer quoi que ce soit ? répliqua Mick. On peut avoir plus d'une raison de vouloir découvrir les pires aspects de quelqu'un.

Oncle Jim plissa les yeux. Il examina Mick, comme s'il évaluait les qualités d'un veau qu'il voulait acheter.

— Tu as une idée derrière la tête, Mick. Veux-tu m'en parler ?

Mick étudia son oncle quelques secondes.

— Je te le dirai si tu me racontes ce qui s'est passé.

Un sourire traversa son visage buriné par le vent.

— Tu veux jouer serré, n'est-ce pas ? D'accord. Marché conclu.

Mick prit une profonde inspiration.

— La dernière fois que Dan est allé en prison, j'ai eu de la chance, commença-t-il. Je suis tombé dans une vraie famille d'accueil. Lui est architecte. Et il a vraiment bien réussi.

Sa femme me fait penser à Maman. Ils m'ont dit que si les choses tournaient mal, ils s'arrangeraient pour que j'aille vivre chez eux.

— Et tu cherches à faire en sorte que ça arrive, c'est ça ? demanda oncle Jim. Fouiller suffisamment dans le passé de Dan pour trouver quelque chose de bien juteux que tu pourras utiliser contre lui, jusqu'à ce qu'il te flanque un coup de poing, quelque chose du genre ? Je me trompe ? Et il te suffira de décrocher le téléphone, d'appeler les gens de la protection de la jeunesse pour finalement retourner chez ton architecte et sa dame. C'est bien ça ?

Mick ne répondit pas. Il n'était même pas surpris que son oncle ait avalé si facilement son histoire. Jim avait une si piètre opinion de son propre frère — et on ne pouvait guère l'en blâmer, vu ce que ce dernier avait fait — qu'il n'avait eu aucune réticence à croire que Mick voulait couper définitivement les ponts avec son père. Ce qui était le cas. Mais Mick voulait au préalable connaître la vérité : savoir ce qui s'était vraiment passé, quels mensonges on lui avait racontés, et pourquoi. Personne n'allait lui cacher quoi que ce soit, désormais, et personne ne l'empêcherait de déterrer toute l'histoire.

— Qu'est-ce que t'a raconté ta mère ?

— Que c'était un accident.

Oncle Jim secoua la tête.

— Je suis sûr qu'elle en était convaincue, dit-il. Mais le seul accident qu'on peut regretter dans son cas, c'est que Danny n'ait pas fait une bêtise aussi grave avant.

— Vas-tu me raconter ce qui s'est passé ?

— Si tu veux vraiment le savoir. Tu connais l'adage : si tu ne veux pas entendre la réponse, ne pose pas la question.

— Je t'ai dit que je voulais savoir, non ?

— D'accord.

Oncle Jim vida son verre de citronnade et se carra contre le dossier de sa chaise.

— Danny avait le don de vous taper sur les nerfs. Le genre à ne jamais arriver à l'heure, à toujours trouver un prétexte pour se défiler, à ne jamais travailler plus qu'il n'en avait envie. Il a pu le faire sans problème tant que les choses restaient dans la famille et que notre mère vivait. Parce qu'elle lui passait tout. Elle ne tolérait pas qu'on le critique le moindrement. Il est jeune, répétait-elle. Laissez-lui le temps, il va apprendre, il va se calmer.

Cet été-là, Danny a décidé qu'il ne travaillerait plus pour Buddy ni pour moi.

Parce qu'on ne le payait pas assez. Quelle blague, il était nourri et logé, Mère lui donnait de l'argent de poche, mais il ne voulait pas travailler une miette en retour. Bref, il est allé offrir ses services à Barry McGerrigle. Je ne comprendrai jamais pourquoi Barry a fait la bêtise de l'embaucher. La paresse de Dan n'était un secret pour personne.

Danny a donc commencé à travailler pour Barry, et les problèmes n'ont pas tardé. Barry le menait à la baguette, mais Dan ne bronchait pas à cause du salaire que l'autre lui avait promis — et qui me semblait bien trop élevé, si tu veux mon avis. Comme si le vieux Barry avait compris Danny : présente-lui une carotte, et il fera ce que tu veux. À la fin de l'été, Danny a eu la déception de sa vie parce que Barry ne lui a pas donné ce qu'il lui avait promis. Il l'a roulé. C'est du moins ce qu'a prétendu Dan. Barry soutenait au contraire avoir payé Danny plus qu'il ne le méritait.

Le soir de l'accident, Dan est allé boire à l'hôtel, je ne t'apprends rien. Heck Dinsmore y était aussi, ce vieux bon à rien. Un ivrogne qui ne pensait qu'à semer la pagaille, au lieu de s'occuper de sa femme et de sa petite fille. Il a été mêlé à tout ça. C'est lui qui a poussé

Danny à se battre, tu sais. Il lui a dit qu'il avait raison, que Barry était un escroc et qu'il ne devait pas se laisser faire. Bref, Danny et Barry ont commencé à se bagarrer, et on m'a téléphoné pour me dire de venir chercher Dan. Quand je suis arrivé, Barry était déjà reparti chez lui. Dan avait trop bu et il était d'humeur massacrante. Il a tenu absolument à conduire. Nous nous sommes chamaillés pour savoir qui prendrait le volant. Il m'a mis dans une telle colère que je lui ai donné les clefs.

Il s'interrompit et jeta un regard sombre à Mick.

— C'est un geste que je regretterai toute ma vie. Je me suis débrouillé pour sauter dans la voiture avant qu'il ne démarre. Je pensais qu'en cas de problème, il me suffirait de lui reprendre le volant. On a pris la route. Dan ne conduisait pas trop mal — ce n'était pas parfait, mais ça pouvait aller. Je n'avais pas l'impression que ma vie était en danger. Nous sommes arrivés près de chez les McGerrigle, et on n'a pas vu le vieux Barry qui promenait son chien sur le bas-côté de la route, comme il le faisait tous les soirs à cette heure-là. Peut-être qu'il essayait de se calmer les nerfs après sa bagarre à l'hôtel.

En tout cas, comme je l'ai dit, Dan n'avait pas tous ses réflexes ; il a heurté Barry, et l'a tué. C'est tout.

Déçu, Mick garda le silence. Il s'attendait à plus que ça. Son oncle lui resservait la même histoire. S'il voulait connaître la vérité, il lui faudrait creuser plus profond.

— Il savait certaines choses à ton sujet, oncle Jim, dit-il d'un ton calme.

Son oncle lui jeta un regard dur.

— Qu'est-ce que tu dis ?

— Je sais qu'il te faisait chant...

Oncle Jim avait appliqué son énorme main sur la bouche de Mick. Il se leva et se dirigea vers la galerie d'en arrière, en invitant d'un signe de tête Mick à le suivre. Une fois sur la galerie, il referma soigneusement la porte de la maison, pour s'assurer que personne ne pourrait les entendre.

— Fais attention à ce que tu dis, gronda oncle Jim à voix basse. C'est chez moi, ici. Je dois vivre dans cette maison.

— J'ai compris, répondit Mick.

Il avait les genoux qui tremblaient, et se rendit compte que son oncle lui faisait peur.

— Je vous ai entendus dans la grange, Buddy et toi, parler de ça. C'est pour cette raison que tu l'as laissé conduire ce soir-là, n'est-ce pas ? Il était saoul, hors de lui et se comportait comme un imbécile, et il t'a menacé de raconter ce qu'il savait si tu ne lui laissais pas le volant, n'est-ce pas ?

Oncle Jim resta muet.

— Pourquoi l'as-tu laissé conduire ? Pourquoi es-tu monté dans la voiture avec lui ? Tu aurais pu le laisser filer et faire ses bêtises. Pour qu'il assume ensuite ses responsabilités tout seul, sans que tu aies besoin de le protéger.

De profonds sillons creusèrent le front hâlé d'oncle Jim.

— Je pense que tu ne connais pas assez bien les faits, Mick.

— Pourquoi es-tu monté avec lui ? Pourquoi ne l'as-tu pas laissé aller se faire pendre tout seul ?

Oncle Jim l'examina attentivement quelques secondes, et Mick sentit le rouge lui monter aux joues. Oncle Jim était probablement en train de se demander quelle sorte de fils il était, quel genre de fils pouvait souhaiter qu'on ait laissé son père répondre seul de la plus grosse bêtise de sa vie.

— Il était vraiment saoul, Mick. J'ai cru que sans moi, il allait se faire du mal.

— Mais il se fichait pas mal de toi. Il t'aurait frappé s'il en avait eu l'occasion. Pourquoi t'es-tu soucié de ce qui pouvait lui arriver?

— Mick...

— Tu as menti pour lui, n'est-ce pas? Après avoir tué Barry McGerricle, il t'a fait chanter pour que tu racontes des mensonges. Ce que je ne comprends pas, c'est qu'il ait plaidé coupable. Pourquoi n'a-t-il pas été jusqu'au bout et plaidé non coupable? Pourquoi n'a-t-il pas essayé de se servir de ton témoignage pour convaincre un jury de son innocence? Il aurait pu, non? Tu aurais dit qu'il avait perdu le contrôle de la voiture, qu'il n'était pas si saoul que ça.

Perplexe, oncle Jim cligna des yeux.

— Mick, je ne...

— Tu sais très bien de quoi je parle, oncle Jim. Je sais qu'il a agi intentionnellement et qu'il s'est arrangé pour que tu le couvres. Mais je ne comprends pas pourquoi il a plaidé coupable. S'il avait autant de pouvoir sur toi, pourquoi n'en a-t-il pas profité jusqu'au bout? Vas-tu répondre à ma question, ou préfères-tu que j'aille demander à tante Charlene ce qu'elle en pense?

Oncle Jim devint écarlate. Il leva le bras et Mick se recroquevilla pour parer le coup. Puis, brusquement, son oncle tourna les talons pour aller s'asseoir sur un vieux banc de bois adossé contre le mur, sous la fenêtre arrière. Il enfouit sa tête dans ses mains. Mick se demanda à quoi il pouvait bien penser. Quand oncle Jim releva la tête, il avait le visage grave et blême.

— Je vais te confier un secret que je n'ai jamais confié à personne. Je vais te le dire parce que tu sembles prêt à tout pour arriver à tes fins, et même à faire mal à des gens qui n'y sont pour rien.

Cette remarque piqua Mick au vif. Il avait menacé son oncle de chantage. Il avait montré qu'il ne valait pas mieux que Dan.

— Je vais te le dire, mais tu dois me promettre que cela restera entre nous. Il n'y a rien qui puisse m'en assurer, mais si tu me donnes ta parole, je te ferai confiance.

Il tendit la main. Mick accepta de la prendre.

— Danny a vu Barry sur le bord de la route, et avant que j'aie pu réagir, il a donné un grand coup de volant dans sa direction. Il l'a heurté et l'a tué presque sur le coup. Je suppose que j'ai eu de la chance de ne pas finir en prison moi aussi, pour l'avoir laissé conduire.

— Alors c'était bien un meurtre, murmura Mick d'une voix presque inaudible.

Oncle Jim hocha la tête.

— Et tu l'as laissé s'en tirer à bon compte.

— Je ne suis pas très fier de ce que j'ai fait, Mick. Et je veux que tu saches que je ne l'ai pas fait uniquement parce que Dan me faisait chanter. Nous nous sommes bagarrés pour les clefs, j'ai fait tout ce que j'ai pu. Il m'a menacé, c'est vrai. J'ai eu peur, parce que s'il révélait la chose à Charlene, elle m'aurait quitté, et ce n'est pas seulement une épouse que j'aurais perdue. J'aurais perdu la ferme aussi. Elle en possédait la moitié. On n'aurait jamais pu se débrouiller comme on l'a fait sans son salaire pour payer l'hypothèque. Et puis il y avait ta grand-mère. Elle était déjà malade, à l'époque, et elle n'aurait pas supporté le fait que Dan ait tué intentionnellement le vieux Barry. D'ailleurs, cette affaire l'a achevée. Elle est morte trois mois après que Dan eut commencé à purger sa peine.

Mais je n'étais quand même pas prêt à le laisser s'en tirer comme ça après ce qu'il avait fait. J'étais dans la voiture, Mick, j'ai tout vu. Je lui ai dit : «Plaide coupable d'homicide involontaire, purge ta peine de prison comme un grand, et je garderai tout ça pour moi. Mais si jamais tu essaies de te défiler, je me fiche de ce qui pourra m'arriver, et tu seras accusé de meurtre.» Je ne suis pas mauvais, Mick. Je sais faire la différence entre le bien et le mal. D'ailleurs, il a purgé presque autant d'années de prison pour homicide qu'il l'aurait fait pour un meurtre au second degré.

— Mais c'était un meurtre ? C'était vraiment un meurtre ?

Oncle Jim hocha la tête.

Mick sentit ses jambes se dérober sous lui et il s'effondra sur le banc, à côté de son oncle. Avoir des soupçons était une chose, savoir était une autre. Et cela faisait bien plus mal.

8

La lune, haute et pleine, éclairait d'une lumière argentée les pâturages qui s'étendaient depuis la maison d'oncle Jim jusqu'à la rivière sinueuse qui bordait la lisière sud de la propriété des Standish. Mick, installé devant la fenêtre dans la chambre de sa cousine Lucy, promenait son regard sur la campagne alentour. Un espace immense, ouvert, qui n'avait rien à voir avec le paysage urbain qui lui était familier, avec ses angles et ses recoins. L'odeur du trèfle et de l'herbe fraîchement coupés embaumait l'air, et il essaya d'imaginer Dan et sa mère, vingt ans plus tôt, s'en enivrer eux aussi.

Il tira de la vieille boîte en fer blanc le petit flacon de verre noir qui avait autrefois contenu le parfum de sa mère et, pour la première fois depuis bien longtemps, il en dévissa le bouchon. Il le porta à ses narines et inspira profondément. Rien, plus la moindre trace de ce qui donnait au souvenir de sa mère un semblant de réalité. Déçu, il ouvrit la main et le laissa tomber.

Il fourragea dans le fond de la boîte pour en extraire le petit paquet de lettres. Il retira les trois mystérieuses enveloppes aux gros caractères noirs. Sa grand-mère lui avait dit que ce n'était pas elle qui les avait envoyées. Il était presque sûr que ce n'était pas le vieux Bill. Qui alors ? Oncle Buddy ? Oncle Jim ? Il les remit dans la boîte. À quoi bon le savoir à présent ? Tout ce qu'il avait entendu jusqu'ici sur son père n'avait été que mensonges. Sa mère avait menti en disant qu'il était innocent. Dan avait menti lorsqu'il avait plaidé à une accusation d'homicide plutôt que de meurtre. Jim avait menti — ou avait omis de dire la vérité — en restant silencieux et en permettant à Dan de répondre d'une infraction moins grave que celle qu'il avait réellement commise. Que lui importait de savoir, à présent, qui avait envoyé ces mandats de cinquante dollars à sa mère ?

Le lendemain matin, Mick alla trouver refuge à l'arrière d'une charrette à foin à côté de la grange. Il n'avait guère dormi et ne se sentait pas très sociable. Mais lui qui pensait qu'il était facile de trouver la solitude à la campagne, il dut vite déchanter. Il n'y avait pas plus de vingt minutes qu'il était là quand son oncle apparut.

— Tu n'as pas déjeuné, fit-il en venant s'asseoir à côté de Mick sur la plate-forme de la charrette. Ta tante s'est inquiétée. Pour elle, un homme qui saute son petit déjeuner ne peut être qu'à l'article de la mort.

Mick espérait qu'oncle Jim s'en aille. Il ne voulait pas lui parler, ni de Dan, ni de rien d'autre.

Oncle Jim poussa un soupir et posa la main sur son épaule.

— Écoute, dit-il. À propos d'hier. C'est toi qui as insisté pour savoir la vérité, tu te souviens ? Tu as posé toutes les questions.

— Je sais, répondit Mick.

— Parfait. On est d'accord.

Il ôta sa main de l'épaule de Mick.

— J'ai un travail pour toi. Quelque chose qui te changera les idées. Bill vient de se faire livrer du bois de chauffage et...

— Du bois de chauffage ? Pour quoi faire ? Il n'a pas l'électricité ?

— Ce n'est pas pour se chauffer. C'est pour sa cheminée. Il adore se faire une bonne flambée les soirs d'hiver. Il a toujours aimé ça.

— Nous ne sommes pas en hiver. Pourquoi achète-t-il du bois en plein cœur de l'été ?

— D'abord, il n'achète jamais son bois. Ensuite, le vieux Andy Lovering, qui habite par là-bas, de l'autre côté de la rivière, a perdu un de ses arbres dans la dernière tempête. Un beau paquet de bois ; il en a donné une partie à Bill parce qu'il ne savait plus où l'entreposer. Son garçon, Arch, l'a livré à la première heure ce matin. Il faut corder tout ça dans le hangar. Peux-tu t'en charger ?

Mick haussa les épaules.

— Bien sûr.

Oncle Jim avait peut-être raison. Ça l'occuperait, et personne ne viendrait le déranger.

Mick tira une vieille brouette qui avait été glissée sous la galerie arrière de chez son grand-père. Il la poussa jusque dans l'allée d'en avant, la remplit de bois et revint porter son chargement dans le hangar d'en arrière. Il la vida méthodiquement en déposant les bûches de manière à pouvoir empiler par-dessus assez de bois pour chauffer le vieux Bill jusqu'à la fin de ses jours. Il faisait l'aller-retour, remplissant la brouette, empilant les bûches, prenant plaisir à sentir ses muscles travailler à chaque chargement et déchargement. C'était une activité calme, étrangement reposante, presque thérapeutique. Il prenait plaisir à faire ce travail purement physique et à transformer le chaos du tas de bois en une haute pile soigneusement cordée.

Il longeait le côté de la maison pour aller charger sa quatrième brouette lorsque le vieux Bill sortit sur le perron d'en avant, une tasse de café à la main.

— Apparemment, être le fils de ton père ne t'empêche pas de travailler de bon matin, lança-t-il en gloussant, comme s'il venait de lancer une bonne blague.

Mick ramassait le bois et tournait le dos au vieil homme. Il se demanda si Bill savait ce qu'oncle Jim savait, et si ce secret ne lui était pas resté en travers de la gorge, le rendant aussi aigri qu'un vieux tonneau de vinaigre.

— J'ai entendu dire que tu étais allé à Morrisville hier, reprit Bill. Et que tu avais rencontré Art Dietrich.

Mick empila une dernière bûche dans la brouette et se retourna pour regarder son grand-père. Comment savait-il tout ça ?

— Un brave homme, ce Dietrich, poursuivit Bill. Le genre de gars qui estime que tout travail mérite d'être bien fait, pour qu'on n'ait pas à le recommencer.

Mick contempla le bois jeté en vrac dans l'allée en se demandant si cette remarque n'était pas une allusion à la qualité de son propre travail.

— Ta grand-mère aimait bien Dietrich. Au point de lui confier des choses qu'elle ne révélait même pas aux membres de sa propre famille.

Le ton n'avait plus rien d'élogieux. Mick s'éloigna en poussant la brouette devant lui, en se disant que faute de public, le vieil homme finirait bien par se taire.

Il se trompait. Le vieux Bill se leva, sa tasse de café à la main, et lui emboîta le pas, sans interrompre son monologue.

— Elle a demandé à Dietrich de lui rédiger un testament. Derrière mon dos. Elle l'a fait venir ici quand je travaillais aux champs. Elle l'a amené ici pour lui chuchoter ses secrets et lui demander d'écrire dans son beau jargon d'avocat que les terres de son père iraient à Dan après sa mort. À Danny, lui qui n'a jamais pu travailler honnêtement une seule journée de sa vie.

Mick essayait de se concentrer totalement sur sa tâche, calant les bûches plus minces entre les plus grosses. Il ne voulait plus entendre parler de Dan. Même pas y penser. Il vida la brouette et sortit du hangar. Bill le suivit.

— Dietrich a dû penser avoir rédigé une œuvre d'art, un beau testament définitif. Mais il s'est fait jouer un tour. Après ce qui s'est passé, Margaret a compris à qui elle s'apprêtait à léguer ses terres, et elle m'a demandé d'appeler Dietrich. Je ne savais pas pourquoi elle voulait le voir, bien sûr. Je pensais que j'allais devoir me bagarrer avec elle à propos du testament. Cela faisait déjà un bout de temps que je me creusais les méninges pour trouver un moyen d'aborder le sujet. Mais finalement, je n'ai rien eu à faire. Margaret a fait venir Dietrich et là, devant lui, elle a déchiré le beau document, elle en a fait des confettis. Et elle lui a dit : « Arthur, je crois qu'on va recommencer à zéro. » Elle s'est comportée avec beaucoup de dignité. Elle avait toujours refusé d'admettre la vérité sur Danny, mais une fois qu'elle a compris qui il était, elle a fait ce qu'elle devait faire.

Mick tenait une bûche dans chaque main. Il lui aurait été facile — si facile — de se retourner et d'en lancer une ou même les deux à la tête de son grand-père. Pour le faire taire. Il prit une profonde inspiration. Puis une autre. Il avalait l'air goulûment, comme s'il contenait un tranquillisant ou un analgésique. Puis, les mains tremblantes, il remplit de nouveau la brouette et, tandis que son grand-père continuait de jacasser, il se mit à compter mentalement jusqu'à cent, deux cents, mille, jusqu'à ce qu'il ait cordé tout le bois et que le vieux Bill ait regagné la maison.

Mick se laissa glisser du siège avant de la camionnette et fit un geste de la main en guise de remerciement.

— Tu es sûr que tu ne veux pas que je te ramène? demanda tante Charlene. Je peux te prendre au retour.

— Merci, mais ça ira. Après, j'irai chez Sandi. Ça ira très bien.

— D'accord, fit tante Charlene, qui n'avait pourtant pas l'air d'accord du tout, ce qui donna à Mick l'impression d'avoir six ans plutôt que seize.

— N'oublie pas ma lettre!

— Je m'en occupe tout de suite, répondit Mick. Ne t'inquiète pas. Je vais te poster ça.

Le « ça » en question était le coupon de participation au concours de tartes. Il se demanda si en le postant, il allait mettre un terme à la série de savoureuses créations qu'elle expérimentait depuis son arrivée. Il espéra que non. Il était devenu un vrai mordu des tartes.

Il se dirigea vers le bureau de poste, qui n'était pas un bâtiment séparé, mais un simple guichet situé près des caisses dans le bazar. Il leva contre le ciel l'enveloppe contenant la précieuse recette de sa tante, pour essayer de voir au travers. S'agissait-il de la tarte pommes et cannelle ou de la charlotte aux bleuets ?

Le nez en l'air, il heurta de plein fouet quelque chose ou plus exactement quelqu'un. Heck Dinsmore. Des enveloppes voltigèrent sur le trottoir. Heck recula.

— Excusez-moi, fit Mick, en se penchant pour ramasser les lettres que Heck avait laissées tomber. Ce qu'il vit le figea sur place. Il releva la tête vers le vieil homme.

De sa main noueuse, Heck lui arracha les lettres.

— Regarde donc où tu marches, lança-t-il d'un ton sec avant de faire demi-tour.

Mick se redressa. Il courut après Heck et lui agrippa le bras.

— Qu'est-ce qui te prend, mon garçon ? Tu me rentres dedans et tu manques me faire tomber. Et maintenant, tu t'accroches à moi comme un bébé qui a peur de perdre sa mère.

— C'est donc vous, dit Mick, la gorge nouée de surprise.

— Quoi ? De quoi parles-tu ?

— C'est vous qui avez envoyé ces mandats à ma mère.

Heck secoua la tête d'un geste impatient.

— Va donc t'acheter un chapeau, petit. Tu as dû rester trop longtemps au soleil.

— Je sais que c'est vous, reprit Mick. J'ai reconnu l'écriture. J'ai deux ou trois enveloppes à la maison. Je les ai gardées. On peut les comparer. Mais je sais que c'est vous.

Heck essaya de contourner Mick, mais celui-ci lui bloqua le passage.

— Ce que je veux savoir, c'est pourquoi, insista Mick. Ces lettres arrivaient tous les mois, à date fixe. Cinquante dollars. Pourquoi ? Pour quelle raison est-ce que vous lui envoyiez de l'argent quand personne ici ne semblait se soucier d'elle ?

— Écoute...

— Sandi m'a dit que Dan n'était pas le seul à avoir une dent contre Barry McGerrigle. Vous aussi. Que s'est-il passé ? Vous avez préparé le coup ensemble ? Vous avez incité Dan à faire le sale boulot, et vous l'avez payé en retour en envoyant un mandat tous les mois à ma mère, c'est ça ?

— Écoute, petit...

— C'est ça, hein ? demanda Mick.

Cela semblait logique. Ces deux-là s'étaient alliés contre Barry McGerrigle ce soir-là au bar. Et peut-être avaient-ils fait équipe pour bien pire encore.

— Cinquante dollars ! Et vous pensiez que ça suffisait ?

Heck blêmit. Il agrippa Mick par le bras, en lui enfonçant les doigts dans la chair, et l'entraîna dans la ruelle jouxtant le bazar.

— Écoute, répéta-t-il, son visage tout proche de celui de Mick. Je n'ai rien à voir avec ce qui est arrivé ce soir-là. Du moins, rien avec ce qui s'est passé après que Dan eut quitté le bar. Ce n'était pas moi.

À chaque parole, il serrait davantage le bras de Mick, et celui-ci se retenait pour ne pas crier de douleur.

— J'ai envoyé cet argent à ta mère parce que je voulais l'aider. Et parce que si je n'avais pas ouvert ma grande gueule ce soir-là, les choses auraient peut-être tourné autrement. Mais il a fallu que je me mêle de ce qui ne me regardait pas. J'ai excité la colère de Dan, et ensuite...

Sa voix se brisa. Il secoua la tête, comme pour s'éclaircir les idées. Sa tête retomba contre sa poitrine. Il était pâle, hébété. Mais peut-être jouait-il la comédie pour éviter de répondre.

— Et ensuite ? insista Mick. Que s'est-il passé ensuite ?

Lentement, au prix de ce qui semblait un énorme effort, Heck releva la tête.

— Barry McGerrigle est mort, voilà ce qui s'est passé. Et j'étais désolé pour ta mère. Elle se retrouvait toute seule, avec un bébé sur les bras et son mari en prison. J'ai fait ce que j'ai pu. Ce n'est pas un crime.

Il y avait autre chose. Il fallait qu'il y ait autre chose. Pourquoi donc ce vieil ours de Heck aurait-il envoyé de l'argent à sa mère quand personne d'autre ne le faisait ? Il lui cachait quelque chose.

— Dan va revenir me chercher, dit Mick. Et je vais lui dire ce que je sais. Comment vous et lui avez comploté pour tuer Barry McGerrigle. Et j'irai ensuite tout raconter à la police.

— Ne réveille donc pas le chien qui dort, répondit Heck. Parce qu'on ne sait jamais ce qu'il va faire — te lécher la main ou te mordre.

Mick se redressa de toute sa hauteur, pour regarder Heck dans le blanc des yeux. Ce n'était pas un vieux bonhomme branlant qui allait lui faire peur.

— On verra, lança-t-il.

Ils restèrent là nez à nez, à se toiser pendant quelques secondes, chacun mesurant son adversaire. Mick faisait tout son possible pour paraître cinq années de plus.

— Tu ne reculeras pas, petit, n'est-ce pas ? lâcha finalement Heck.

Mick hocha la tête. Il pouvait se montrer aussi têtu que n'importe qui.

— Mais si tu attends quelque chose de moi, tu fais fausse route, ajouta Heck. J'étais fin saoul ce soir-là. Plus saoul qu'il n'est permis. Je ne me souviens pas très bien et je ne peux rien te dire. Si quelqu'un a vu quelque chose, ce n'est pas moi.

— Que voulez-vous dire ? Quelqu'un d'autre a vu quelque chose ? Quoi ?

— Comment veux-tu que je le sache ? répondit Heck d'un ton irrité. Un homme est mort et ton père a dit que c'était de sa faute. C'est tout ce que je sais.

Il fit demi-tour. Puis, lentement, il se retourna.

— Mais je me suis toujours demandé... comment il avait fait pour s'y rendre.

— Quoi ? De qui ...

— Hé, vous là-bas ! cria soudainement une voix.

Mick et Heck se retournèrent en même temps. Un policier en uniforme venait vers eux. C'était Les Culver, l'homme qu'avait autrefois fréquenté sa mère.

— Qu'est-ce qui se passe ici ? demanda-t-il. Heck Dinsmore, c'est bien toi ?

— Vous le voyez bien, rétorqua sèchement l'intéressé.

Les Culver s'engagea plus avant dans la ruelle.

— Que fabriques-tu ici, Heck ? Tu embêtes ce garçon ?

— Depuis quand avez-vous le droit de mettre votre nez dans une conversation privée ? On vit dans un pays libre, que je sache ?

— Et depuis quand règles-tu tes affaires privées dans les ruelles ? répliqua le policier.

— Ça ne vous regarde pas.

Heck tourna les talons et s'éloigna.

Les Culver regarda Mick.

— Est-ce qu'il t'embêtait ?

Mick secoua la tête. Il sortit de la ruelle juste à temps pour voir la vieille camionnette de Heck s'éloigner. Il se demandait ce que celui-ci avait bien pu vouloir dire. Et surtout, de *qui* il parlait. Il décida de lui en reparler plus tard, une fois chez Sandi. Mais tout d'abord, il devait aller poster la lettre de tante Charlene.

Son programme était simple. Aller poster la recette de tante Charlene, puis faire de l'auto-stop jusque chez Sandi et reprendre sa conversation avec Heck.

Il se rendit au comptoir postal, puis redescendit la rue en levant le pouce. Ce fut oncle Jim qui s'arrêta.

— Tu ne sais pas que c'est dangereux de faire de l'auto-stop ? Ta tante en ferait une syncope si elle le savait.

— Peux-tu me laisser chez Sandi ? demanda Mick.

— À condition que tu me promettes de ne plus recommencer.

— Marché conclu, répondit Mick, même s'il n'était pas sûr de tenir parole.

Cinq minutes plus tard, oncle Jim empruntait un chemin qui s'en allait dans la direction opposée de chez Sandi.

— Hé! oncle Jim, c'est par là, chez Sandi.

— Je le sais bien. Je t'ai dit que je t'y emmènerais, compte sur moi. Mais j'ai une petite course à faire. J'ai dit à Charlie Lewis que je passerais cet après-midi prendre un paquet de tôles, et j'y vais. Je te conduirai chez Sandi après.

Charlie Lewis tenait ce qui ressemblait à un entrepôt de ferrailleur. Il était absent, mais avait laissé une note sur la porte à l'intention d'oncle Jim pour lui indiquer où étaient les tôles.

— Mets ça, dit oncle Jim en tendant à Mick une paire de gants de travail.

— Pour quoi faire?

— Pour ne pas te couper les mains.

Mick enfila les gants en ronchonnant. Il voulait se rendre chez Sandi tout de suite, mais il en était à présent encore plus éloigné qu'au départ.

Il leur fallut plus d'une heure pour charger les tôles sur la camionnette. Puis, comme elles étaient plus longues que la benne, oncle Jim passa une autre demi-heure à les amarrer solidement.

— Écoute, dit-il à Mick, quand ils quittèrent enfin la cour du marchand de ferraille, si tu m'aides à décharger les tôles, je serai ravi de t'emmener chez Sandi.

— Oncle Jim...

Trop tard. Ils passèrent devant chez Sandi et avant que Mick ait eu le temps de dire un mot, ils étaient de retour à la ferme d'oncle Jim.

— Écoute, oncle Jim, je suis un peu pressé...

— Une demi-heure. On aura fini dans une demi-heure.

Encore une fois, cela prit plus de temps. Quand ils eurent fini, Mick avait l'estomac dans les talons. Oncle Jim aussi. Il voulut se faire un sandwich. Mick dut le harceler pour qu'il l'emmène chez Sandi.

En arrivant près de chez elle, ils croisèrent une ambulance, gyrophares éteints et sans sirène. Mick jeta un regard à son oncle, qui appuya sur l'accélérateur. Il semblait inquiet.

Sandi, debout sur la galerie, regardait disparaître l'ambulance, des larmes plein les yeux. Jessie, pâle comme un linge, était assise dans un fauteuil en rotin, les mains nouées devant elle.

— Que se passe-t-il ? lança Mick, conscient de la présence d'oncle Jim derrière lui.

— C'est Heck, répondit Sandi. Son cœur.

— Et va-t-il s'en sortir ?

Mick avait déjà deviné la réponse. Les ambulanciers n'avaient guère semblé pressés.

Sandi se mit à sangloter.

— Viens, allons à l'intérieur, dit oncle Jim avec douceur. Il contourna Mick, prit Sandi par le coude et l'accompagna dans la maison.

— Je vais appeler Charlene.

Mick regarda Jessie.

— J'étais avec lui, dit-elle, en articulant chaque mot avec lenteur. On travaillait dans le champ d'en arrière. Soudain, il s'est redressé en se plaignant d'avoir trop chaud. Puis il s'est effondré. On était loin de la maison, Mick. J'ai appelé, mais je ne sais pas si quelqu'un m'a entendue. Je voulais courir chercher de l'aide, mais il ne m'a pas laissée partir.

Les larmes lui montèrent aux yeux. Mick vint s'asseoir à côté d'elle et lui prit la main.

— Quand je me suis approchée de lui, il m'a agrippé le poignet, reprit-elle. Et quand je lui ai dit que je voulais aller chercher du secours, il s'est cramponné à moi. Oh, Mick, si tu avais vu ce regard dans ses yeux. Il avait l'air si effrayé, comme s'il savait qu'il allait mourir. Puis, tout à coup, il a semblé se détendre, comme s'il n'avait plus peur. J'ai d'abord cru que le malaise allait passer, qu'il s'en tirerait.

Elle se mit à pleurer pour de bon. Mick lui tenait toujours la main. Jamais il n'avait été en présence d'une fille en pleurs. Il ne savait pas trop quoi faire. Après quelques instants, elle reprit contenance et lui adressa un pauvre sourire.

— Je suis désolée, dit-elle.

— Ce n'est rien.

— Mick, il a dit quelque chose juste avant de mourir. Il a demandé : comment a-t-il fait pour s'y rendre ?

— Quoi ? s'écria Mick, reconnaissant les paroles que Heck lui avait adressées à lui aussi. As-tu une idée de ce qu'il voulait dire ?

— Non, répondit Jessie en essuyant ses larmes avec les paumes de sa main. Il a répété ça deux fois... et ensuite...

Elle se remit à pleurer. Mick resta près d'elle et essaya de la réconforter du mieux qu'il put.

9

— Je n'arrive toujours pas à y croire, dit Jessie à Mick le lendemain, alors qu'ils se retrouvaient devant chez elle. J'ai pourtant eu tout le temps de me rentrer ça dans la tête, mais je n'arrive pas à croire que Heck soit mort.

Elle secoua lentement la tête.

— Sais-tu si Les Culver a réussi à rejoindre sa femme et sa fille ?

Mick ne se souvenait même pas que Heck ait eu une famille.

— Personne ne m'en a parlé, dit-il. Qu'est-il arrivé à sa famille ?

— À ce que j'ai entendu dire, sa femme l'a quitté. Elle est partie avec leur petite fille — ce n'était qu'un bébé, je crois — sans même dire à Heck où elle allait. Sandi m'a raconté que le coup a été terrible pour lui. Elle m'a dit qu'à son avis, c'est le départ de sa femme qui l'a incité à tourner la page, à changer de vie. Ça et la mort de mon grand-père.

Mick n'écoutait que d'une oreille. Il songeait aux dernières paroles de Heck : « Comment a-t-il fait pour s'y rendre ? » *Qui* s'était rendu *où* ? Cela devait avoir un rapport avec la mort de Barry McGerrigle. Heck lui avait dit que quelque chose le tracassait. Mais quoi ?

— Mick ? Mick ? Tu m'entends ?

Jessie poussa un soupir.

— Encore perdu dans tes rêves, hein ?

— Il savait quelque chose.

— Qui ça ?

— Heck. Je lui avais parlé un peu plus tôt — deux ou trois heures avant sa mort. Il avait commencé à me parler de ce qui s'était passé la nuit où ton grand-père a été tué, mais quelqu'un a interrompu notre conversation.

Jessie soupira. Elle respirait à un rythme irrégulier, comme si elle essayait de garder son sang-froid.

— Je suppose qu'on ne saura jamais ce qu'il voulait dire. Pauvre Sandi. Je me demande si elle tient le coup.

— Elle avait l'air effondrée, hier soir, dit Mick.

— On devrait peut-être aller voir si elle n'a besoin de rien.

Mick acquiesça.

Sandi avait le teint gris et les yeux trop brillants. Comme si elle n'avait pas dormi de la nuit.

— Non, leur dit-elle, il n'y a rien que vous puissiez faire. Même pas quelqu'un à appeler. La seule famille qui lui restait dans les alentours, c'était son cousin, et il est mort l'an dernier. Je ne crois pas que Les ait réussi à retrouver la trace d'Emily. Il n'y a personne pour s'occuper des funérailles. Il n'y a que moi.

Les larmes lui montèrent aux yeux.

— Pourquoi n'essaies-tu pas de te reposer un peu, Sandi ? demanda Jessie.

— Je ne peux pas. Il faut que j'aille au village parler à Mitchell Tremain. Il a besoin d'instructions pour l'enterrement. Il n'y a personne d'autre pour s'occuper de ça.

— Veux-tu que j'appelle ma mère ? Elle pourra t'y emmener.

— Non, ça ira, dit Sandi. Je vais y aller.

Elle hésita.

— Il y a quelque chose que vous pouvez quand même faire.

— Quoi ?

— J'ai besoin de son beau costume. On devrait l'enterrer dedans, vous ne pensez pas ?

Mick et Jessie approuvèrent en chœur.

— Mais je ne suis pas capable... je ne peux pas me résoudre à aller dans sa chambre. Pourriez-vous y aller, tous les deux ?

— Tout de suite, dit Jessie.

Elle fit signe à Mick. Ils sortirent de la cuisine et se dirigèrent vers la petite étable que Heck avait transformée, des années auparavant, en maisonnette confortable.

Le logement, guère plus grand qu'un simple salon, était aussi bien tenu qu'une salle d'exposition. Le lit était fait au carré, sans un pli, et on n'aurait pu trouver le moindre grain de poussière sur la commode. Une pile de numéros du *National Geographic* trônait sur une petite table, à côté d'un grand fauteuil inclinable. Il n'y avait pas de placards. Heck rangeait ses vêtements dans une armoire de pin. Jessie l'ouvrit, fouilla quelques secondes et en sortit un complet sombre.

— Mick, penses-tu que c'est celui-là qu'elle veut?

— Hein?

— Encore dans la lune, n'est-ce pas? À ruminer ce qu'a dit Heck?

Mick hocha la tête. Il savait mot pour mot ce que Jessie allait ajouter avant même qu'elle ouvre la bouche.

— Heck ne pourra plus jamais te dire quoi que ce soit.

Mick n'aurait jamais imaginé qu'un homme aussi solitaire et peu expansif que Heck puisse attirer autant de monde à ses funérailles. Dans l'église, il reconnut à peu près toutes les personnes qu'il avait rencontrées à Haverstock, qui échangeaient des salutations avec d'autres qu'il n'avait jamais vues. Tous les bancs de l'église étaient occupés.

Sandi était assise en avant, flanquée de deux femmes âgées que Mick ne connaissait pas. Mais elles devaient avoir beaucoup aimé le vieil homme, car elles s'essuyaient régulièrement les yeux.

Après le service funèbre, tout le monde s'entassa dans les autos et les camionnettes pour traverser le village jusqu'au cimetière.

Là, après une dernière prière du pasteur, on descendit le cercueil dans la fosse et chacun, à tour de rôle, vint y jeter une poignée de terre. Puis, la procession de véhicules reprit la direction du village jusqu'à l'église. Dans le sous-sol, les femmes de la paroisse, et parmi elles les tantes de Mick, servaient de petits sandwichs triangulaires, des biscuits et des tartelettes.

Mick regardait avec étonnement tous ces gens venus honorer la mémoire d'un mort en train de s'empiffrer, de rire et d'échanger les derniers potins. L'enterrement de sa mère s'était déroulé dans une atmosphère bien plus lugubre. Mick, son père et des collègues de travail de sa mère s'étaient rencontrés au salon funéraire, pour aller ensuite se réunir autour de la tombe. Puis, tout le monde s'était dispersé. Il n'y avait eu ni rires, ni sandwichs, ni pâtisseries.

Mick alla s'asseoir dans un coin du sous-sol de l'église, devant une assiette à laquelle il avait à peine touché, en se demandant encore ce que Heck Dinsmore avait bien pu vouloir dire. Sandi, pensa-t-il. Elle le connaissait mieux que quiconque. Peut-être savait-elle quelque chose. Peut-être lui avait-il confié quelque chose qui pourrait le mettre sur une piste. Il la chercha des yeux. Adossée contre le mur près de la porte menant aux cuisines, elle avait le visage pâle et les yeux rouges d'avoir trop pleuré. Ce n'était pas vraiment le moment d'aller l'embêter, mais peut-être qu'en abordant le sujet avec délicatesse, il ne lui rendrait pas les choses trop pénibles. Et puis, à quel autre moment lui parler ? Il se faufila dans la salle bondée pour aller la rejoindre.

— Te voilà ! s'écria Jessie en l'interceptant au passage. Maman m'a réquisitionnée pour faire le service. J'ai dû faire circuler deux douzaines de plateaux de sandwichs, et je ne sens plus mes pieds. Viens-tu prendre un peu l'air avec moi ?

— Je m'en allais dire un mot à Sandi, dit-il en jetant un coup d'œil vers la porte des cuisines.

Jessie sembla se recroqueviller. Elle avait l'air fatiguée. Mais il y avait autre chose.

— Cela fait longtemps que tu connais Heck, n'est-ce pas ? demanda Mick.

— Je l'ai toujours connu, répondit Jessie.

Les larmes lui montèrent aux yeux.

Mick lui prit des mains le plateau vide qu'il posa sur une table.

— À bien y penser, je pense qu'un peu d'air me fera du bien aussi.

Ils sortirent et allèrent s'asseoir sur l'herbe pour parler. De retour dans l'église, Mick chercha Sandi des yeux, mais elle avait disparu. Il pivota sur lui-même, scrutant tous les coins de la salle. Il repéra sa cousine.

— Lucy! Hé, Lucy, as-tu vu Sandi?

— Elle vient de partir. Maman et la mère de Jessie l'ont raccompagnée chez elle. Elles vont la mettre au lit et lui faire prendre une de ces pilules pour dormir que le docteur Bertrille lui a données.

Mick se fraya un chemin dans la foule et sortit juste au moment où la familiale de Wanda Stiles sortait du terrain de stationnement. Trop tard.

Comment a-t-il fait pour s'y rendre?

Si cette question avait un rapport avec la mort de Barry McGerrigle, Heck devait parler de Dan. Dan, qui avait laissé Mick à Haverstock neuf jours plus tôt en promettant de revenir deux jours plus tard, une semaine tout au plus... Mick contemplait le plafond, couché dans la chambre de sa cousine, en se demandant s'il reverrait son père un jour. Où était-il? Que faisait-il? Et que s'était-il vraiment passé le fameux soir?

Comment a-t-il fait pour s'y rendre?

Comment Dan s'est-il rendu à l'hôtel? Voilà probablement ce que Heck avait voulu dire, parce qu'ensuite, Dan était allé directement en prison après un détour devant la ferme de McGerrigle, et ce qui était arrivé là n'avait rien de mystérieux. Comment Dan s'était-il rendu à l'hôtel? En quoi ce détail avait-il de l'importance? Ce qui s'était passé ensuite en avait, mais pas ce qui s'était passé avant. Pourtant, Heck avait semblé insister sur ce point. Le fait que ses paroles aient été les dernières leur donnait peut-être un poids qu'elles ne méritaient pas. Peut-être ne signifiaient-elles rien du tout. Peut-être Heck avait-il voulu mettre Mick sur une fausse piste — parce que Mick avait deviné juste dès le départ quand il avait reconnu l'écriture de Heck sur les enveloppes. Peut-être que Heck avait effectivement participé au méfait, et qu'il avait envoyé ces mandats de cinquante dollars parce qu'il se sentait coupable des montants dérisoires avec lesquels il s'était acheté une bonne conscience pour pas cher. Peut-être.

Mais si cette question ne signifiait rien, pourquoi avait-elle été la dernière chose qu'il ait dite avant de mourir ? Les dernières paroles d'un mourant étaient censées être importantes, non ? Et ne devait-on pas y prêter spécialement attention ?

Mick se réveilla en plein milieu de la nuit. La maison était silencieuse. On n'entendait que le chant des grillons à l'extérieur. Il se redressa dans son lit, l'oreille aux aguets, jeta un coup d'œil à la pendule — une heure et demie — en se demandant comment il allait pouvoir attendre jusqu'au matin. Il vaut mieux attendre, pensa-t-il. On n'appelle pas des gens qu'on connaît à peine au beau milieu de la nuit pour leur poser des questions étranges. Il se recoucha, mais à peine avait-il posé la tête sur l'oreiller qu'il sut qu'il ne pourrait pas tenir. Il fallait qu'il sache, *tout de suite.*

Sur la pointe des pieds, il descendit dans la cuisine et feuilleta l'annuaire. Il composa le numéro et le téléphone se mit à sonner à l'autre bout de la ligne. Il se rappela soudain qu'Arthur Dietrich avait une fille, ce qui voulait dire qu'il était probablement marié et que lui, Mick, était en ce moment même en train d'interrompre le sommeil de madame Dietrich.

— Allo? fit une voix ensommeillée.

— Monsieur Dietrich? chuchota Mick. C'est Mick Standish.

— Quoi? Qui est-ce? Parlez plus fort.

Mick répéta son nom.

— Je suis désolé de vous appeler à une heure pareille, mais je voudrais juste vous poser une question.

Silence. Mick se demanda si Arthur Dietrich ne s'était pas rendormi.

— Vous avez dit que le premier testament que vous aviez rédigé pour ma grand-mère était secret. Qu'elle vous avait fait jurer de n'en parler à personne, pas même à Bill. Avez-vous tenu parole, monsieur Dietrich? En avez-vous parlé à quelqu'un?

Silence encore.

— Monsieur Dietrich?

— Je ne peux pas croire, dit enfin monsieur Dietrich, que tu me réveilles en pleine nuit à seule fin de remettre mon honnêteté en question.

— Je suis désolé, mais je...

— Je te signale, au cas où tu ne le saurais pas, que je me fais un point d'honneur de toujours tenir parole. Que je sache, les dispositions de ce testament étaient secrètes. Si quelqu'un d'autre a appris ce qu'il contenait, ce n'est pas par moi qu'il l'a su.

— Excusez-moi, monsieur Diet...

Monsieur Dietrich avait raccroché. Mick replaça le récepteur du téléphone, éteignit la lumière de la cuisine et entreprit de remonter l'escalier. Il faillit tomber à la renverse en arrivant en haut.

Une silhouette se profilait contre le mur du couloir, une arme à la main. Un bâton de base-ball.

C'était oncle Jim. Il s'avança, en grimaçant un sourire, le bâton encore levé, prêt à frapper. Mick recula d'un pas.

— Qu'est-ce qui...

Oncle Jim le reconnut.

— Oh, c'est toi, dit-il en abaissant légèrement son arme. Je pensais avoir entendu un rôdeur. Tu devrais faire plus attention, Mick. Tu as bien failli en recevoir un sacré coup sur la tête.

Mick grimpa le perron de la maison du vieux Bill et frappa à la porte.

Pas de réponse.

Il frappa de nouveau, plus fort, à en avoir mal aux jointures.

Toujours rien. Mick fronça les sourcils. La porte était entrouverte. Bill était donc chez lui. Pourquoi ne répondait-il pas ? Encore son sale caractère, songea Mick. À moins qu'il ne soit tombé ? Il était vieux, soixante-dix ans au moins. Et s'il était tombé et qu'il n'arrivait pas à se relever ? S'il avait eu une attaque ou une crise cardiaque comme Heck ?

Mick poussa la porte.

— Il y a quelqu'un ? cria-t-il.

Il entendit un grognement qui provenait de la chambre. Il s'approcha de la porte close et y colla l'oreille.

— Il y a quelqu'un ? répéta-t-il, moins fort cette fois. Il était mal à l'aise d'appeler le vieil homme Bill, et quant à l'appeler Grand-père...

— Hé ! Est-ce que ça va ?

Silence. Puis il entendit quelqu'un — le vieux Bill — se moucher bruyamment. Et des pas. La porte de la chambre s'ouvrit et son grand-père apparut dans l'encadrement, ses cheveux blancs en bataille, les yeux rouges et mouillés. Il s'essuya le nez avec un mouchoir chiffonné. Mick jeta un coup d'œil par-dessus l'épaule du vieil homme. Sur le lit défait, au milieu des draps froissés, était posée la photographie d'une femme dans un cadre doré. Bill suivit le regard de Mick et ferma la porte derrière lui d'un coup sec.

— Ça va ? répéta Mick.

Question idiote. Comment ne pas voir que justement, ça n'allait pas ?

— Mais oui, ça va, grogna le vieux Bill d'un ton bourru. Qu'est-ce que tu veux ? Tu ne sais pas qu'on frappe avant d'entrer ?

— J'ai frappé.

— Alors, qu'est-ce que tu veux ?

Mick retrouvait le vieillard grincheux qu'il connaissait, et le vague élan de sympathie qu'il avait d'abord ressenti s'évapora comme brume au soleil.

— Je voudrais vous demander quelque chose à propos de...

Comment le dire ? Comment éviter d'employer le mot ?

— ... à propos du testament de ma grand-mère.

— Le testament de Margaret ? Que veux-tu savoir ?

— Vous saviez que, dans son premier testament, elle avait légué la propriété de son père à Dan. Vous avez dit que vous cherchiez un moyen d'aborder le sujet avec elle.

— Et alors ?

— Alors vous saviez ce qu'il y avait dans le testament avant qu'elle ne vous le dise.

— Bien sûr que je le savais. Me prends-tu pour un imbécile ? Pour un gars qui ignore ce qui se passe sous son propre toit ?

— Mais vous disiez qu'elle avait voulu garder son testament secret. Et monsieur Dietrich m'a dit qu'il était tenu par le secret professionnel. Qu'il n'a parlé à personne de ce premier testament. Alors comment saviez-vous ce qu'il y avait dedans ? Comment étiez-vous au courant de son existence ?

Le vieux Bill passa devant Mick et se dirigea vers la cuisine, en chaussettes. Il saisit la bouilloire sur la cuisinière et alla la remplir au robinet.

— Quelle différence cela peut-il faire que je l'aie su ? dit-il. Ce qui est fait est fait.

— C'est vrai, répondit Mick. Écoutez...

Il se rendit compte qu'il parlait à quelqu'un qui lui tournait le dos, et en fut contrarié. Il voulait que Bill le regarde, qu'il puisse voir à quel point c'était important pour lui de savoir. Il s'approcha et toucha le bras du vieil homme, qui sursauta et se retourna brusquement.

— Quoi ?

— Depuis que je suis né, je n'ai jamais entendu un seul mot gentil sur cet endroit et sur les gens qui y habitent, commença Mick. J'ignorais même que mon autre grand-mère était encore en vie. Je n'ai même jamais su exactement pourquoi Dan s'était retrouvé en prison au départ. Tout ça restait un grand secret, et à chaque fois que j'essayais de savoir ce qui s'était passé, on me racontait un mensonge.

Il n'avait pas eu l'intention d'en dire autant au vieil ours aigri mais, une fois lancé, il n'arrivait plus à s'arrêter.

— Je veux savoir, c'est tout. Savoir ce qui s'est passé et pourquoi. Je sais que c'est de l'histoire ancienne, que ça ne changera rien. Mais je veux savoir.

Le vieux Bill posa la bouilloire sur le brûleur et tourna le bouton.

— Je me suis toujours demandé comment tu étais, dit-il à Mick. Tu n'es pas obligé de me croire et je ne peux pas dire que j'aie fait bien des efforts pour le savoir, mais j'étais curieux. Je me demandais quel genre de gamin tu étais, et quel genre d'homme tu deviendrais.

Son visage se détendit. Il leva la main et Mick crut une seconde que le vieil homme allait la poser sur son épaule. Mais il interrompit son geste à mi-chemin et préféra se gratter le crâne.

— C'est Jimmy qui m'a parlé du testament, dit-il enfin. Jimmy a toujours aimé être au courant de tout. C'était un enfant brillant, le plus brillant des trois. Le plus travailleur aussi. Il n'avait pas le choix. Buddy a tout eu tout cuit dans le bec — il a toujours su qu'il reprendrait la ferme à ma retraite. Jimmy, lui, a dû économiser pour faire son chemin. Quand lui et Charlene se sont mariés, ils travaillaient le jour pour payer l'hypothèque, et s'occupaient de la ferme le soir, le matin avant de partir à l'usine, et toute la fin de semaine. Ils se sont arrangés pour avoir leurs enfants assez tard, et éviter ainsi d'avoir à s'endetter. Je suis content que Jimmy ait hérité des terres de son grand-père. Il les a méritées. C'était le cadet. Si c'est la seule bonne chose qui soit arrivée à la suite de cette histoire, je ne peux pas dire que j'en sois triste.

— Comment oncle Jim a-t-il pu savoir, à propos du testament ?

— Je ne le lui ai jamais demandé, répondit Bill. Je t'ai dit, Jimmy savait toujours tout.

Il ouvrit le réfrigérateur et en sortit une boîte d'œufs.

— Quant à l'autre chose..., ajouta-t-il.

Mick fronça les sourcils.

— Quelle autre chose ?

— Quand tu es arrivé tout à l'heure, expliqua le vieux Bill, l'air embarrassé... J'aimerais que tu n'en parles à personne.

— Aucun problème, le rassura Mick.

— Parce que je ne voudrais pas donner une fausse impression.

Il voulait que personne d'autre ne sache qu'il avait pleuré, devina Mick.

— Aucun problème, répéta-t-il.

À qui pourrait-il bien en parler, de toute façon ?

— C'est aujourd'hui notre anniversaire de mariage, expliqua son grand-père. C'était une excellente personne. Tu l'aurais aimée.

Mick hocha la tête. Il ne pouvait que croire son grand-père sur parole.

— Bon, je crois que je vais te laisser, dit-il.

D'un signe de tête, le vieux Bill indiqua la boîte d'œufs.

— As-tu déjeuné ?

Mick secoua la tête.

— Je n'ai rien d'un cordon-bleu, dit son grand-père. Mais pour ce qui est des œufs au plat et au bacon, je suis imbattable.

Mick le regarda, perplexe. Il y avait maintenant plus d'une semaine qu'il était à Haverstock, et c'était là le premier geste affectueux que posait le vieux Bill à son endroit.

— Ça me va tout à fait, répondit-il.

10

— Sandi ? Sandi ? Êtes-vous là ?

Il n'y avait personne dans la cuisine immaculée, qui semblait désertée depuis des jours. Mick s'avança sur le carrelage étincelant et tendit l'oreille. La maison était silencieuse.

— Sandi ?

Il sortit sur la galerie et promena son regard tout autour de la cour. Personne non plus. La ferme paraissait abandonnée. Il traversa la cour et se dirigea vers la vieille grange.

— Sandi ? appela-t-il en poussant la porte. Sandi ? C'est moi, Mick.

— Je suis là !

La voix de Sandi. Mick entra, en clignant des yeux pour s'adapter à la pénombre.

— Ici ! cria Sandi.

Comme une photographie plongée dans un bain révélateur, l'intérieur de la grange commença graduellement à se préciser, les ombres tout d'abord puis le profil des objets, et enfin la silhouette de Sandi qui, juste en face de lui, empilait des pots à fleurs dans une brouette.

— Besoin d'un coup de main? demanda Mick.

— J'ai *toujours* besoin d'un coup de main, répondit Sandi avec un sourire.

Mais on sentait que le cœur n'y était pas et, en s'approchant, il remarqua qu'elle avait les yeux cernés.

— Chaque année, j'empote des herbes aromatiques dans des pots comme celui-là, expliqua-t-elle. Je ne sais pas pourquoi, mais les herbes en pot ont un succès fou dans les marchés publics. Pourtant, les gens peuvent très bien les faire pousser eux-mêmes. Mais il ne faut pas que je me plaigne. Ça rapporte bien.

Mick l'aida à empiler les pots bruns dans la brouette qu'il poussa ensuite jusque dans la cour ; ils alignèrent les pots sur une table à tréteaux que Sandi avait installée. Mick emplissait de terreau le fond des pots et Sandi repiquait les plants qu'elle avait fait germer sur un plateau — basilic, sauge, persil, thym. Ils travaillèrent en silence pendant un long moment. Mick hésitait à lui poser la question qui lui trottait dans la tête. Sandi semblait ne pas avoir beaucoup dormi depuis l'enterrement de Heck, et il ne voulait pas réveiller des souvenirs pénibles.

— Depuis que Heck est mort, dit Sandi, je me demande ce que je vais faire. Il y a beaucoup de travail. Trop pour moi toute seule. Mais en même temps, je ne peux pas me résoudre à prendre un autre associé — pas après toutes ces années avec Heck. Je ne sais même pas qui ça pourrait intéresser. On peut arriver à vivre avec la ferme, mais ce n'est pas la grande richesse. Ça ne tracassait pas Heck, d'ailleurs. L'argent ne l'intéressait pas, surtout depuis qu'Emily l'avait quitté.

— Emily..., c'était sa femme ?

Sandi hocha la tête.

— Elle était beaucoup plus jeune que lui et tolérait mal le genre de vie qu'il menait.

— Il buvait, c'est ça ?

Sandi poussa un soupir.

— Il essayait d'arrêter, mais il n'y a pas réussi jusqu'à ce qu'Emily s'en aille avec la petite. J'ai cru que son cœur allait se briser. C'est drôle, on s'attendrait à ce qu'après un coup pareil, un homme soit porté à boire, mais chez Heck, c'est le contraire qui est arrivé. Il a arrêté. Il devait espérer qu'Emily revienne.

— Mais elle ne l'a pas fait.

— Il ne l'a jamais revue. Ni la petite. Elle avait à peine deux ans quand Emily est partie.

Mick remplit encore quelques pots qu'il passa à Sandi.

— J'ai parlé avec Heck l'après-midi où il est mort, dit-il.

Les yeux de Sandi se voilèrent.

— Il t'aimait bien, dit-elle avec un sourire tendre. Il disait qu'il retrouvait chez toi beaucoup de traits de caractère de ton père. Il aimait ton père, aussi.

— Il... il m'a dit que quelque chose lui avait semblé bizarre, le soir de la mort de Barry McGerrigle.

— Ah oui ? Quoi donc ?

— Il a simplement demandé : comment a-t-il fait pour s'y rendre ?

Sandi fronça les sourcils.

— Qui ça, il ? Et où ? De quoi parles-tu, Mick ?

— Ce n'est pas moi qui pose la question. C'est Heck qui a dit : comment a-t-il fait pour s'y rendre ? Je ne sais pas où il voulait en venir. J'allais le lui demander, mais je n'en ai pas eu le temps. Vous n'auriez pas, par hasard, une petite idée de ce qu'il a voulu dire?

Sandi secoua la tête.

— J'ai pensé qu'il voulait savoir comment Dan s'était rendu à l'hôtel ce soir-là, reprit Mick. Je ne vois pas autre chose, mais ça n'a aucun sens. Ce qui importe, ce n'est pas comment Dan est allé à l'hôtel, mais comment il en est parti. Et ça, tout le monde le sait. Il est parti avec oncle Jim.

— Dans la Corvette, précisa Sandi.

Elle interrompit son travail de rempotage.

— Si tu avais vu l'état de cette auto quand il l'a ramenée chez lui! Un tas de ferraille. Cela faisait plus de dix ans qu'elle était entreposée derrière une grange à Morrisville. Il l'a achetée pour trois fois rien et pendant deux ans, il a consacré le moindre sou qu'il pouvait trouver pour se procurer les pièces, et dès qu'il avait cinq minutes, il travaillait sur la Corvette. Elle était en parfait état quand il a eu fini. Pas flambant neuve, c'est sûr, mais pas loin. Jusqu'à l'accident. Le terre-plein en ciment ne l'a pas arrangée.

Mick avait peine à visualiser l'image qu'évoquait Sandi: oncle Jim, le type même du gars sérieux et travailleur, paradant à Haverstock au volant d'une Corvette.

— Je croyais qu'il consacrait tout son temps libre à la ferme, dit Mick. C'est ce qu'il m'a raconté. Il ne m'a jamais parlé d'une Corvette. Il se cherchait une femme à épouser ?

Sandi lui jeta un regard surpris.

— Ta mère n'était pas du genre à se laisser impressionner par les grosses cylindrées. La Corvette appartenait à ton père, Mick. C'est de lui que je parle, pas de Jim.

— Dan et Jim ont quitté l'hôtel dans l'auto de Dan ?

Sandi hocha la tête.

— Vous m'avez dit que vous aviez appelé Jim pour qu'il passe prendre Dan, alors j'ai pensé qu'ils étaient partis dans l'auto de Jim. Mais ils ont pris celle de Dan.

— C'est exact.

Mick ne comprenait plus rien.

— Dan a dû alors arriver à l'hôtel dans sa voiture. Ça n'a plus rien de mystérieux.

— Apparemment non, dit Sandi.

— Mais alors, qu'est-ce que Heck a bien pu vouloir dire ? Est-il arrivé quelque chose à Dan pendant le trajet jusqu'à l'hôtel ? Est-ce de ça qu'il parlait ?

Sandi répondit qu'elle n'en savait rien, et Mick s'efforça de cacher sa frustration.

Il ne voulait pas imposer sa mauvaise humeur à Sandi qui, visiblement, n'avait pas besoin de ça. Il avait tellement cru que les paroles de Heck allaient le mettre sur une piste. Encore une impasse. Il nageait en plein brouillard.

— Peut-être a-t-il pris quelqu'un en chemin, en se rendant à l'hôtel ?

Jessie était arrivée chez Sandi en milieu de matinée, et elle aidait Mick à empoter les plants de fines herbes, tandis que Sandi, assise à une petite table sur la galerie, calligraphiait des étiquettes.

— Et même si c'est le cas, quelle importance ? demanda Mick. Quel rapport avec les causes et les circonstances de la mort de ton grand-père ?

— Heck parlait peut-être d'un événement antérieur qui aurait pu expliquer ce qui s'est passé ce soir-là, avança Jessie. Après tout, il n'a pas demandé : comment Dan a-t-il fait pour s'y rendre ce soir-là ?

— C'est vrai, dut admettre Mick.

Il repensa à ce qu'avait dit Heck dans la ruelle.

— Il n'a pas précisé non plus s'il s'agissait de l'hôtel, ajouta-t-il.

C'était vraiment frustrant. Heck n'avait rien spécifié, ni la date ni le lieu ...

— Et on ignore aussi si c'est bien de Dan qu'il parlait.

— Qui d'autre, alors ? demanda Jessie. Tu m'as dit que vous étiez en train de parler de Dan, non ?

— C'est vrai. Mais nous savons comment Dan s'est rendu à l'hôtel. Avec sa propre voiture. Et il est reparti dans la même voiture...

Il s'interrompit brusquement.

— Combien y a-t-il de kilomètres d'ici à l'hôtel ?

— Huit, peut-être dix. Pourquoi ?

Mais Mick avait déjà détalé et traversait la cour pour rejoindre Sandi, occupée sur la galerie avec ses étiquettes. Jessie se précipita pour le rattraper.

— Et mon oncle Jim ? demanda Mick à Sandi. Comment s'est-il rendu à l'hôtel, ce soir-là ?

Sandi releva la tête, perplexe.

— Le soir de l'accident, précisa Mick. Vous m'avez dit que vous lui aviez téléphoné pour qu'il vienne chercher Dan à l'hôtel. Comment s'y est-il rendu ?

— Dans sa camionnette.

— Vous l'avez vue ?

— Mick, je ne te suis pas très bien...

— Avez-vous vu la camionnette d'oncle Jim ce soir-là ?

Sandi le regarda comme s'il délirait. Mais elle hocha la tête.

— Quand j'ai regardé dehors et que j'ai vu Dan et Jim qui se chamaillaient, la camionnette de Jim était là. En fait, c'est grâce à elle que j'ai pu les voir. Ses phares étaient allumés.

— Et ensuite ?

Sandi semblait perdue.

— Quoi, ensuite ?

— Si oncle Jim s'est rendu de chez lui à l'hôtel dans sa camionnette, il a donc dû la laisser garée là-bas. L'avez-vous vue ?

Sandi secoua la tête.

— Vous ne l'avez pas vue ?

— Je ne l'ai pas vue parce qu'elle n'y était pas, répondit Sandi. J'ai fermé le bar environ une heure après que Dan et Jim furent partis — après que nous eûmes appris tout ce qui s'était passé. Heck était revenu et cherchait un endroit pour dormir. Emily ne voulait pas qu'il rentre à la maison quand il avait bu. Je lui ai proposé de dormir chez moi. Nous sommes sortis tous les deux et la camionnette de Jim n'était pas là. Je m'en souviens, parce qu'il ne restait que mon auto sur le terrain de stationnement.

— Monsieur Standish l'a peut-être reprise quand il est revenu en ville avec les policiers, suggéra Jessie.

Sandi secoua la tête.

— Le poste de police est juste de l'autre côté, dit-elle. J'ai vu les deux autos-patrouilles garées devant, et la dépanneuse d'Ed Hanley à laquelle la Corvette était accrochée. Je me souviens de tout ça. Mais il n'y avait pas d'autres voitures aux alentours. Pas une seule.

— Vous en êtes sûre ? demanda Mick.

— Absolument. Je me rappelle avoir regardé la Corvette. Je trouvais triste que tout ce travail qu'avait fait Dan ait abouti à un tel fiasco : la mort d'un homme. Et ensuite j'ai vu Jim sortir du poste de police avec Les Culver, et ils sont partis dans une des autos-patrouilles. J'ai pensé que Les reconduisait Jim chez lui. Ou chez Bill et Margaret, pour leur dire ce qui s'était passé. La camionnette de Jim n'était pas là.

— Vous en êtes vraiment sûre ?

Sandi hocha la tête.

— À quoi penses-tu, Mick ? demanda Jessie.

— Je pense qu'oncle Jim ne s'est sûrement pas rendu à pied à l'hôtel ce soir-là.

— Ce qui veut dire que quelqu'un l'y a conduit. Charlene, je suppose, s'il venait de chez lui.

Mick regarda de l'autre côté du champ de Sandi, vers la ferme d'oncle Jim.

— Si ça ne te dérange pas, Sandi, je vais partir plus tôt. J'ai deux ou trois choses à faire.

— Veux-tu que je t'accompagne ? demanda Jessie.

Mick secoua la tête.

— Sandi a besoin de main-d'œuvre. Je t'appellerai, c'est promis.

Tante Charlene était seule à la maison. Agenouillée sur des journaux étalés devant la cuisinière et gantée de caoutchouc, elle nettoyait le four avec un vieux chiffon. Elle releva la tête quand Mick entra et, du dos de son poignet, repoussa une mèche qui lui tombait sur les yeux.

— Où sont les autres ? demanda Mick.

— Lucy et Penny sont à leur club. Jim est allé en ville faire quelques courses. Ça va, Mick ? Tu as l'air essoufflé.

— J'arrive de chez Sandi. J'ai couru tout le long du chemin.

— De chez Sandi ? Par une chaleur pareille ? Tu dois mourir de soif. Veux-tu que je te serve...

— J'ai une question importante à te poser, tante Charlene.

Elle s'assit sur ses talons et attendit.

— Où étais-tu le soir où Barry McGerrigle est mort ?

Elle se mit à rire.

— Tu parles comme un détective dans un film policier.

— Je ne plaisante pas, tante Charlene.

Elle fronça les sourcils.

— Pourquoi me poses-tu cette question ?

— Dan était à l'hôtel. Quand il a commencé à semer la pagaille parce qu'il avait trop bu, Sandi a appelé oncle Jim pour qu'il vienne le chercher. Où étais-tu, toi ?

— Ici.

— Quand Sandi a appelé ?

Elle hocha la tête.

— Puis, tu as conduit oncle Jim jusqu'à Haverstock pour qu'il puisse ramener Dan, poursuivit-il comme s'il énonçait un fait avéré. Que s'est-il passé ensuite ?

Tante Charlene jeta le chiffon noirci dans le seau d'eau et l'essora.

— Que veux-tu dire par « que s'est-il passé ? » Je suis rentrée à la maison, répondit-elle en évitant son regard.

— Mais avant d'arriver ici. Après que tu eus vu Dan et Jim se chamailler devant l'hôtel.

Mick se sentait sûr de lui à présent qu'il se savait sur la bonne piste. Tante Charlene n'avait rien nié : ni le fait qu'elle ait conduit Jim à l'hôtel ni celui qu'elle ait été témoin de l'altercation entre les deux frères. Elle avait donc été présente. Peut-être avait-elle vu plus de choses que Sandi.

— Tu étais dans la camionnette près de l'hôtel. Tes phares éclairaient Jim et Dan. Puis, tu as vu Dan monter dans la Corvette et prendre le volant.

Tante Charlene contemplait les profondeurs du seau d'eau savonneuse. Elle resta silencieuse.

— Je sais que tu as vu ce qui s'est passé, tante Charlene.

Il n'en était pas certain, mais il pensait qu'en bluffant, il pourrait amener sa tante à révéler quelque chose.

— Je sais qu'oncle Jim n'a pas dit tout ce qu'il savait. Et, en un sens, je peux comprendre pourquoi. Mais ce que je ne comprends pas, c'est que toi, tu ne sois pas allée dire la vérité. Tu n'avais rien à craindre.

Tante Charlene blêmit.

— Je ne vois pas de quoi tu parles, Mick.

— Tu sais très bien de quoi je parle. Pendant toutes ces années, tu savais ce qui était arrivé ce soir-là et tu n'en as soufflé mot à personne. À présent, je sais ce qui s'est passé et je veux que tout le monde le sache, tante Charlene. Ce n'est pas juste, après une histoire pareille, que la vérité reste cachée.

Il n'ajouta pas que tous les mensonges qu'on lui avait servis n'avaient rien fait pour arranger les choses.

— Personne n'a jamais caché la vérité, se défendit tante Charlene, soudainement très nerveuse. Dan a avoué, non ? Il a plaidé coupable. Jim a dit que Dan avait agrippé le volant. Que Dan lui avait pris le volant et qu'il avait mis le pied sur l'accélérateur. S'il n'avait pas fait ce geste, Barry McGerrigle ne serait pas mort ce soir-là ; tout le monde le sait.

Abasourdi, Mick regarda sa tante. Il n'en croyait pas ses oreilles.

— Tu es en train de me dire, dit-il doucement, que c'est oncle Jim qui conduisait ? Oncle Jim, et pas Dan ?

Tante Charlene laissa tomber son chiffon.

— Mais... tu m'avais dit que tu savais, murmura-t-elle. J'ai pensé...

— Oncle Jim conduisait l'auto de Dan quand Barry McGerrigle a été tué, répéta Mick lentement. Oncle Jim, pas Dan.

11

Tante Charlene se remit péniblement debout. Elle souleva le seau et se dirigea vers l'évier dans lequel elle vida lentement l'eau sale. Puis, elle entreprit de ramasser et de replier les journaux qu'elle avait étendus sur le sol.

— Sandi raconte que c'est Dan qui conduisait quand ils ont quitté l'hôtel, reprit Mick. Et toi, tu me dis que c'est oncle Jim?

Tante Charlene se retourna brusquement.

— Je ne dis plus rien, Mick. Le sujet est clos.

Mick secoua la tête. Elle pouvait bien penser ce qu'elle voulait, pour lui, cette conversation ne faisait que commencer.

— Oncle Jim m'a dit que c'était Dan qui était au volant. Pourquoi m'aurait-il menti?

Tante Charlene ferma brutalement la porte du four et emporta seau et chiffons sur la galerie d'en arrière. Mick la suivit.

— Arthur Dietrich m'a dit lui aussi que c'était Dan qui conduisait. Tu te souviens de lui ? L'avocat de Dan. Bill et oncle Jim racontent aussi la même chose. Tout le monde dit qu'il était au volant, sauf toi. Pourquoi ? Pourquoi personne d'autre n'a mentionné que c'était oncle Jim qui conduisait l'auto ?

— Je ne veux plus parler de ça, répliqua tante Charlene avec raideur. Laisse-moi tranquille, Mick.

Elle passa près de lui et rentra dans la maison. Il lui emboîta le pas.

Elle grimpa l'escalier, Mick sur les talons, entra dans sa chambre et lui ferma la porte au nez. Mais il lui fallait plus qu'un panneau de bois pour le dissuader.

— Si quelqu'un avait voulu dire la vérité sur ce qui s'était passé ce soir-là, il aurait précisé qui conduisait l'auto, non ? lança-t-il à travers la porte. J'ai toujours cru qu'il n'y avait que deux personnes à savoir toute la vérité — Dan et oncle Jim — et tous deux ont dit que Dan était au volant.

C'était du moins ce que Dan avait dit à son avocat. Dan n'en avait jamais discuté avec Mick. Et puis il y avait Sandi — Sandi qui avait vu l'auto démarrer avec Dan au volant.

— Tu me dis à présent que c'était oncle Jim qui conduisait. Tu les a suivis, n'est-ce pas ? Il n'y a que comme ça que tu aies pu le savoir. Tu les as suivis, tante Charlene ? Et ensuite... Tu les as vus changer de siège ? Tu as vu oncle Jim prendre le volant ? As-tu vu ce qui s'est passé après, tante Charlene ? As-tu vu l'auto heurter Barry McGerrigle ?

Il entendit derrière la porte sa tante réprimer un sanglot.

— Je ne vais pas en rester là, tante Charlene. Toute ma vie, on m'a répété la même chose — que mon père était innocent. Quand je suis arrivé ici, j'ai découvert que ce n'était pas vrai, qu'il avait plaidé coupable à une accusation d'homicide. J'ai entendu toutes sortes de versions de ce qui s'était passé. Et je me rends compte, à présent, que c'étaient aussi des mensonges. Ou des demi-vérités, ce qui revient au même. Je n'ai pas l'intention d'abandonner en chemin. Si tu ne me dis pas ce que tu sais, je serai obligé d'aller voir la police pour leur demander de tirer ça au clair. Je suis sûr qu'ils seront très intéressés, parce que si j'en crois ce que tu m'as dit, ça ne me surprendrait pas qu'eux non plus n'aient jamais su qui conduisait l'auto ce soir-là.

La porte s'ouvrit brusquement. Tante Charlene essuya ses larmes du revers de la main.

— Tu ne vas pas remuer cette vieille histoire, Mick. Ce n'est pas ce que tu crois. Cela ne fera de bien à personne.

Mick dévisagea sa tante. De toute évidence, il lui faisait de la peine, et il en était désolé. C'était pourtant la personne de cette famille qui lui avait manifesté le plus de gentillesse. Mais il ne pouvait plus reculer.

— Dis-moi ce que tu sais, tante Charlene.

Elle secoua la tête.

— Dis-moi la vérité, je t'en prie.

Elle baissa les yeux.

— Je t'en prie, tante Charlene. Il *faut* que je sache.

Elle le regarda droit dans les yeux. Puis elle se mit à parler, lentement, comme un enfant timide qui récite un poème.

— Après l'appel de Sandi, j'ai conduit Jim jusqu'à l'hôtel. Il m'a demandé de le laisser là et de rentrer à la maison. Il m'a dit qu'il voulait être bien sûr que Dan rentre sain et sauf chez Bill et Margaret. Mais quand j'ai fait demi-tour dans le stationnement de l'hôtel, je les ai vus tous les deux en train de se disputer. Ils se querellaient à propos des clefs. Jim essayait de les prendre à Dan, et j'ai cru une seconde qu'il allait réussir. Dan avait du mal à tenir debout. Il devait avoir bu plus que son compte. Et puis tout à coup, tout s'est arrêté.

Elle interrompit son récit et leva les yeux vers Mick.

— Ils sont restés immobiles, face à face, à se regarder. Je ne sais pas pourquoi. Dan a dû dire quelque chose qui a fait mouche. Il avait le don de trouver le point faible et de faire enrager Jim. C'est ce qu'il a dû faire ce soir-là parce que, tout à coup, Jim lui a lancé les clefs et m'a fait signe. Il voulait que je m'en aille. Quand je suis sortie du terrain de stationnement, j'ai vu Dan prendre le volant de la Corvette. Il allait démarrer quand Jim a sauté à la place du passager.

Elle décrivait la scène avec détachement, comme un commentateur sportif décrit un match en racontant exactement ce qu'il voit.

— J'ai éteint les phares de la camionnette et j'ai tourné au premier carrefour. J'avais peur qu'il arrive quelque chose, vu l'état dans lequel était Dan. Et j'étais en colère contre Jim, pas tellement parce qu'il avait laissé le volant à Dan, mais parce qu'il était monté avec lui. Je lui en voulais de prendre un tel risque, surtout à ce moment-là.

— À ce moment-là ? Que veux-tu dire ?

— J'étais enceinte, répondit tante Charlene.

Mick fronça les sourcils. Si sa tante était enceinte quinze ans plus tôt, alors...

— J'ai perdu l'enfant, ajouta-t-elle calmement. Le lendemain de l'accident... de la mort de Barry McGerrigle. J'ai fait une fausse couche.

Elle prit une profonde inspiration.

— Bref, je m'inquiétais de ce qui pouvait se passer, alors j'ai suivi l'auto de Dan de loin, tous phares éteints.

Mick la regarda, perplexe.

— À cette époque, expliqua-t-elle, quand Jim me disait de faire quelque chose, il s'attendait à ce que j'obéisse sans broncher. Il m'avait dit de rentrer et il aurait été furieux s'il avait su que je le suivais. Pour lui, j'aurais ainsi montré que je ne lui faisais pas confiance, que je ne pensais pas qu'il pourrait maîtriser la situation. Mais franchement, j'en doutais. Jim pouvait se laisser emporter, par moments. Et Dan conduisait dangereusement. Après une ou deux minutes, la voiture s'est arrêtée sur le bas-côté. Dan est sorti et s'est dirigé vers le fossé. Il est allé vomir. Puis, il est remonté du côté du passager et c'est Jim qui a pris le volant. Inutile de te dire à quel point j'étais soulagée. Avec Jim qui conduisait, il ne pouvait plus rien arriver. J'ai attendu qu'ils s'éloignent un peu plus, toujours avec mes phares éteints. J'ai été très surprise de les voir emprunter la route qui passait devant chez les McGerrigle.

— Pourquoi ? Cette route ne menait-elle pas directement chez vous ?

Tante Charlene hocha la tête.

— Oui, mais c'est le trajet le plus long. Pas de beaucoup, une ou deux minutes. Bref, j'ai décidé de ne plus les suivre — je n'avais plus à m'inquiéter. J'ai décidé de couper au plus court pour être sûre d'arriver avant Jim à la maison. C'est alors que j'ai entendu ce bruit horrible.

Elle avait les yeux dans le vague. Elle baissa la tête et quand, enfin, elle la releva, elle pleurait. Elle s'efforça de reprendre contenance.

— Je savais qu'il était arrivé quelque chose, reprit-elle. J'ai fait demi-tour et allumé mes phares de nouveau. De loin, j'ai aperçu la voiture de Dan dans la mauvaise voie, de l'autre côté du terre-plein. Quand je suis arrivée, Barry McGerrigle baignait dans son sang. Dan était inconscient sur le siège du passager, la bouche en sang. Jim était en état de choc. Il m'a dit que Dan avait sauté sur le volant en apercevant Barry sur le bord de la route, qu'il avait donné un coup de volant et appuyé le pied sur l'accélérateur, et que tout s'était passé très vite. La voiture avait traversé le terre-plein et était allée heurter Barry.

Mick écoutait en silence.

— J'étais hystérique, ajouta tante Charlene. Jim m'a renvoyée à la maison en me disant qu'il allait s'occuper de tout. Et quand il est finalement rentré cette nuit-là, il m'a dit qu'il avait raconté à Les Culver que c'était Dan qui conduisait.

Quoi ? Oncle Jim avait confié à sa femme qu'il avait menti aux policiers ?

— Il a raconté à Les que Dan était au volant, répéta-t-elle. Il lui a dit que Dan était saoul et qu'il avait heurté Barry McGerrigle accidentellement. J'ai protesté. Je savais que ce n'était pas vrai. Mais Jim m'a fait comprendre que s'il avait raconté la vérité à Les, celui-ci aurait pensé que Dan avait agi intentionnellement. Et Dan aurait été accusé de meurtre. Comme ça, m'a-t-il dit, si Dan joue ses cartes comme il faut, il pourra plaider l'homicide involontaire. Et écoper d'une peine plus légère. Le problème, insistait Jim, c'est que si leur mère apprenait que Dan avait tué quelqu'un intentionnellement, elle ne s'en remettrait jamais. C'était déjà assez terrible qu'il l'ait fait accidentellement. Margaret était très malade. Jim craignait qu'un coup comme celui-là ne l'achève.

Elle fit une pause.

— Je n'aimais pas ça, poursuivit tante Charlene. J'estimais que Jim n'aurait pas dû mentir pour protéger Dan ou n'importe qui d'autre, en fait. Et j'avais peur de ce que Heck pourrait raconter...

— Heck ? Que vient-il faire ici ?

— Je l'ai vu, répondit tante Charlene. Son cousin possédait une baraque de l'autre côté de la route, juste en face de l'endroit où Barry a été tué. Une vieille grange. D'après certaines rumeurs, c'était une planque pour les contrebandiers, mais je n'en ai jamais eu la preuve. Bref, je suis sûre d'avoir aperçu Heck de l'autre côté de la route, et je l'ai dit à Jim.

— Et alors ?

— Il m'a dit de ne pas m'en faire. Que Heck était complètement saoul cette nuit-là et qu'il avait déjà dit à Les qu'il n'avait rien vu. Mais je m'inquiétais quand même. La mémoire pouvait lui revenir le lendemain. Jim m'a assuré que cela n'arriverait pas, et qu'il valait mieux que j'oublie tout ça. Le lendemain, j'ai fait une fausse couche. J'ai été emmenée d'urgence à l'hôpital et mon bébé... J'ai perdu mon bébé.

Tante Charlene secoua la tête.

— Je ne sais pas exactement ce qui s'est passé après, excepté que Jim m'a dit que je n'avais plus besoin de me mêler de ça. J'allais très mal. J'avais perdu beaucoup de sang et j'étais terriblement déprimée. Jim a voulu me ménager, je suppose.

— Mais tu ne penses pas que les gens se seraient posé davantage de questions s'ils avaient su que c'était oncle Jim, et non Dan, qui conduisait? N'y as-tu pas pensé toi-même, tante Charlene?

— Pensé à quoi?

— Tu m'as dit qu'oncle Jim conduisait. C'est donc lui qui a décidé de tourner et de prendre la route qui passe devant chez McGerrigle. Pourquoi a-t-il pris ce chemin?

— Je ne comprends pas...

— Tout Haverstock savait que Barry McGerrigle promenait son chien vers onze heures du soir sur le bord de cette route. Jessie me l'a dit. Oncle Jim ne l'ignorait donc pas, lui non plus. Pourquoi a-t-il pris ce chemin, alors qu'il savait que Barry y serait, et que Dan était avec lui dans la voiture, encore furieux contre Barry ? En plus, passer par là le rallongeait. Pourquoi oncle Jim a-t-il choisi de prendre ce chemin ce soir-là ?

— Où veux-tu en venir ? répliqua sa tante d'un ton cinglant. Essaies-tu par hasard d'accuser Jim ? Il n'a rien à voir avec ce qui s'est passé. Dan et Barry se sont bagarrés ce soir-là à l'hôtel. Une douzaine de personnes en ont été témoins. Cela faisait des semaines qu'ils étaient à couteaux tirés, ces deux-là. Qui peut savoir pourquoi Jim a décidé de passer par là ? Et qu'est-ce que ça change ? Il a pris ce chemin, c'est ce qui compte, et lorsque Dan a aperçu Barry sur le bas-côté, il s'est jeté sur le volant et a fait dévier la voiture pour qu'elle aille heurter Barry. C'est Dan qui a posé ce geste. Jim n'avait aucune raison d'en vouloir à Barry. Contrairement à Dan. Qui a avoué, d'ailleurs. Il a plaidé coupable.

Mick dévisagea sa tante. C'était une femme honnête. Il ne doutait pas une seconde qu'elle était convaincue de ce qu'elle disait.

Mais il y avait tant de choses qu'elle ignorait. Jusqu'à quel point pouvait-il les lui révéler sans lui faire de mal ?

S'il lui disait ce qu'il savait, elle pourrait découvrir la vérité par elle-même. Saisir exactement ce qui avait dû se passer ce soir-là. Et dans ce cas, elle n'aurait plus qu'à aller révéler aux policiers ce qui était resté caché pendant tant d'années.

Mais alors, et s'il ne se trompait pas, n'allait-il pas lui infliger le même calvaire que celui qu'oncle Jim avait infligé à sa propre mère à lui, Mick ? N'allait-il pas la condamner à la même vie ? La vie d'une femme dont le mari est en prison et dont les enfants, ses deux petites cousines, allaient devoir endurer ce que lui-même avait enduré si longtemps. Pouvait-il vraiment leur faire ça ?

Mais leur situation ne serait pas vraiment la même. Du moins s'il avait deviné juste. Si les choses s'étaient vraiment passées comme il en était persuadé à présent, tante Charlene n'allait pas devenir, comme sa mère l'avait été, la femme d'un homme injustement condamné. Elle serait la femme d'un meurtrier.

Mick plongea son regard dans les yeux de sa tante, rougis par les larmes. Il fallait qu'il lui dise. Il ne pouvait faire autrement.

— Tante Charlene, si je te disais qu'oncle Jim avait une aussi bonne raison que Dan de vouloir la mort de Barry McGerrigle, et même une meilleure raison ?

Tante Charlene secoua la tête.

— C'est ridicule, rétorqua-t-elle d'un ton qui n'avait plus rien de défensif. Jim n'avait rien contre Barry. Rien du tout. Écoute, Mick, je comprends que tu trouves ça difficile d'être ici. Ce doit être pénible de découvrir tant de choses sur ton père. Je n'aime pas critiquer les autres, et j'aimais beaucoup ta mère, crois-moi. Mais je trouve qu'elle aurait mieux fait de te dire la vérité dès le début. Je crois comprendre pourquoi elle ne l'a pas fait. Elle voulait probablement te ménager. Mais tu dois regarder les choses en face, Mick, et la vérité, c'est que ton père en voulait à Barry McGerrigle, qu'il avait la réputation d'être un peu violent, et qu'il a avoué. Ce qui est fait ne peut être défait. Et en reporter le blâme sur quelqu'un d'autre ne fera de bien à personne — à toi encore moins. Bon, si tu veux bien m'excuser, j'ai le souper à préparer.

Très droite à présent, elle passa rapidement près de Mick pour redescendre l'escalier. Il la suivit des yeux, à moitié convaincu par son discours — Dan avait avoué, il avait comparu devant un juge et avait admis sa responsabilité. Mais est-ce que cela prouvait hors de tout doute sa culpabilité ? Et toutes ces choses qui étaient restées cachées quinze ans plus tôt, ces détails insignifiants qu'on avait soigneusement balayés sous le tapis et gardés secrets pendant toutes ces années ?

— Peut-être que Dan était effectivement furieux contre Barry McGerrigle, lança-t-il à sa tante du haut de l'escalier. Et même assez furieux pour souhaiter sa mort, quoique j'aie de la peine à croire qu'on puisse tuer quelqu'un pour quelques malheureux dollars de salaires impayés. Mais Jim avait de bonnes raisons, lui aussi.

En bas de l'escalier, tante Charlene fit volte-face et leva vers lui un visage tout rond, de la couleur de la pâte à pain.

— Mick, ça suffit ! Il n'y avait ni haine ni rancune entre Jim et Barry.

— Mais il y en avait entre Jim et Dan, rétorqua Mick.

Sa tante resta silencieuse.

— Jim comptait bien hériter de sa mère, n'est-ce pas ? reprit Mick. Elle était très gravement malade et il était persuadé qu'à sa mort, il hériterait de ses terres.

— Et il en a hérité.

— Parce qu'il y a eu un *second* testament.

— Tu veux parler du fait que Margaret ait réécrit son testament après ce qui est arrivé ? Et qu'est-ce que cela prouve ? Personne n'a été surpris de voir Jim hériter de ces terres.

— Peut-être, répondit Mick. Mais si j'en crois ce qu'on m'a dit, tout le monde a été surpris qu'elle ait d'abord envisagé de les léguer à Dan.

Tante Charlene rougit. Elle sait que j'ai raison, pensa Mick.

— Et alors ? se contenta-t-elle de répliquer.

— Et alors ? Ce premier testament devait rester secret. C'est Arthur Dietrich qui l'a rédigé et il m'a dit que Margaret lui avait fait promettre de n'en parler à personne. Mais apparemment, le secret a été éventé, même si Dietrich dit qu'à sa connaissance, Margaret n'en a jamais soufflé mot à quiconque.

— Mick, je commence à en avoir vraiment assez de tout ça.

— Oncle Jim savait.

Il s'interrompit une seconde, pour donner plus de poids à ses paroles.

— Je ne sais pas comment il s'y est pris, mais il l'a su. Bill m'a dit que Margaret ne lui avait jamais parlé de ce testament. C'est par oncle Jim qu'il a appris qu'elle avait légué ses terres à Dan. Et oncle Jim lui a dit ça *avant* la mort de Barry McGerrigle. Tu veux savoir ce que je pense? Je pense que lorsqu'oncle Jim a découvert ce qu'il y avait dans ce testament...

— Il est allé tuer Barry McGerrigle? l'interrompit tante Charlene qui semblait horrifiée d'émettre pareille suggestion.

— Il a profité de cette occasion pour mettre Dan hors jeu, reprit Mick. Le montrer sous un très mauvais jour et inciter Margaret à modifier son testament. Oncle Jim devait penser qu'il méritait cet héritage bien plus que Dan.

— Cette idée est tellement ridicule qu'elle ne vaut même pas qu'on en parle, répondit tante Charlene. Tu avais raison de dire qu'il n'y a que deux personnes qui sachent vraiment ce qui s'est passé ce soir-là, les deux personnes qui étaient dans la voiture. Si Jim avait fait ce que tu suggères — et crois-moi, je ne pense pas une seconde que ce soit vrai, c'est une idée grotesque — pourquoi dans ce cas Dan aurait-il plaidé coupable? Pourquoi n'aurait-il pas dit la vérité?

— Tu as dit toi-même qu'il était inconscient quand tu es arrivée.

— Il était inconscient parce que Jim l'avait frappé. Jim était si choqué, si furieux qu'il s'est mis à cogner Dan et l'a mis K.O.

— Comment le sais-tu ?

— C'est Jim qui me l'a dit. Il avait les jointures toutes meurtries quand il est rentré cette nuit-là.

— Qu'est-ce qui te dit que Jim n'a pas frappé Dan avant l'accident ?

— Mick ! Franchement !

Elle hocha la tête et s'éloigna en direction de la cuisine. Mick la suivit des yeux en se demandant s'il ne fallait pas en dire plus encore. De toute évidence, elle aimait son mari et avait confiance en lui. S'il continuait, s'il lui révélait tout ce qu'il savait, il risquait de lui faire mal, très mal même. Mais s'il en restait là, il ne connaîtrait jamais la vérité.

— Dan faisait chanter oncle Jim.

Elle ne sourcilla même pas et disparut dans la cuisine.

— Oncle Jim avait une aventure et Dan l'a découvert ; il a menacé son frère de tout te dire.

Mick avait suivi sa tante et continuait de lui parler, même si elle lui tournait le dos, occupée à sortir des pommes de terre du placard sous l'évier et des carottes du réfrigérateur.

— Oncle Jim lui a cédé pour qu'il n'aille pas t'en parler. Je suis sûr que c'est à propos de ça qu'ils se sont chamaillés sur le terrain de stationnement ce soir-là, quand oncle Jim essayait de prendre les clefs à Dan. Dan l'a menacé de tout te raconter. C'est pour ça qu'oncle Jim a tout à coup abandonné la partie. Et qu'il a laissé le volant à Dan.

Tante Charlene ouvrit le robinet et commença à peler les pommes de terre.

— C'était peut-être la goutte qui a fait déborder le vase. Cela expliquerait pourquoi Jim, quand Dan a été malade et qu'il a pris le volant, a décidé de passer par la vieille route. Il savait qu'à cette heure-là, Barry McGerrigle serait en train de promener son chien. Il savait aussi que tout le monde au bar avait vu Dan et Barry se battre. Et il savait certaines choses aussi, des choses plus secrètes — comme le fait que Dan le faisait chanter, ou que sa mère avait décidé de léguer les terres qu'elle possédait à Dan et pas à lui. Peut-être a-t-il perdu la tête. Peut-être a-t-il entrevu tout à coup une occasion inespérée de résoudre tous ses problèmes. Il lui suffisait simplement de tuer Barry et de dire à Dan que s'il ne tenait pas sa langue à propos de ses amours, il raconterait à tout le monde qu'il l'avait vu heurter Barry intentionnellement. La parole de Dan ne pesait pas lourd contre celle de Jim : tout le monde savait que Dan avait bu et qu'il ne se contrôlait plus, alors que Jim était sobre et responsable, et qu'il n'avait rien contre Barry McGerrigle. Le seul problème, c'est qu'il y a eu un témoin. Non, deux témoins. Heck, qui était trop saoul pour être sûr de ce qu'il avait vu. Et toi. Oncle Jim a dû inventer une histoire. Que tu as crue.

Elle lui tournait toujours le dos.

— Dan a plaidé coupable, l'entendit-il dire d'un ton irrité par-dessus le bruit de l'eau qui coulait dans l'évier.

— Il a plaidé coupable à une accusation d'homicide involontaire. Il comptait probablement s'en tirer avec une peine légère. Il a dû penser qu'il allait comparaître devant le juge Delbert Johnson, l'ami de Bill, un gars qui l'avait vu grandir. Tout le monde pensait que Dan avait des chances de s'en sortir sans trop de mal. Même son avocat. Et c'est probablement ce qui serait arrivé si Delbert Johnson avait accepté d'entendre l'affaire.

Il n'eut pour toute réponse que le bruit de l'eau. Elle ne le croyait pas.

Tant pis, songea Mick. Il ne pouvait rien y faire. Il ne lui restait qu'à jouer sa dernière carte.

— La femme avec qui oncle Jim avait une aventure, dit-il en prenant son temps, s'appelle Helen Sanderson.

L'eau coulait toujours dans l'évier, mais tante Charlene laissa tomber la pomme de terre qu'elle était en train d'éplucher. Elle se retourna. Elle avait les larmes aux yeux.

12

— Je ne te crois pas, dit-elle en essuyant une larme du revers de la main.

Si elle ne le croyait pas, alors pourquoi pleurait-elle? Et pourquoi avait-elle réagi si violemment quand Mick avait prononcé ce nom?

— Il faut que tu viennes avec moi au poste de police, tante Charlene. Si je ne me trompe pas, Dan n'a rien fait de mal.

— Alors pourquoi a-t-il avoué le contraire? Pourquoi a-t-il sauté sur l'occasion de plaider coupable d'homicide involontaire?

C'était ce que Mick ne comprenait pas.

— Les policiers trouveront peut-être la réponse, dit-il. Viens, tante Charlene. Il faut aller à Haverstock.

— Il n'en est pas question, Mick.

Il la dévisagea.

— Tu ne peux pas garder le silence. Tu dois dire ce que tu sais à la police.

— Ce que je sais, c'est ce que mon mari m'a dit. Dan a sauté sur le volant. Il a tué Barry McGerrigle. Il l'a fait exprès et il a eu de la chance d'avoir un frère prêt à mentir pour lui. Sinon, il y serait encore, en prison. C'est ça que tu veux que je raconte à Les Culver, Mick ? Parce que c'est ça qui s'est effectivement passé.

Ses larmes avaient séché, et elle se cramponnait au dossier d'une chaise.

— Si tu ne leur dis pas la vérité, tante Charlene, moi je vais aller leur dire. Et si tu ne vas pas les voir la première, ce sont eux qui vont venir te voir. Tu ne pourras plus te taire.

Mais tante Charlene ne lâchait pas prise. Son regard bleu était devenu glacial et elle semblait aussi inébranlable que le silo à grain qui se profilait derrière la maison.

— Je te croyais différente des autres, lui dit Mick. Plus sensible. Je me suis trompé.

Il tourna les talons, en se disant qu'il ne voulait plus la voir ni la revoir, et il sortit comme un fou de la maison. Jamais il n'y remettrait les pieds. Il comptait se rendre à Haverstock à pied, aller tout raconter à la police et demander à Sandi de lui prêter l'argent nécessaire pour s'acheter un billet d'autobus et rentrer chez lui pour attendre Dan.

Le trajet prit plus de temps que prévu, et il n'avait pas pensé que ses pieds le feraient autant souffrir. Quand il arriva au bourg, tous les muscles de ses cuisses étaient douloureux, et il avait la bouche aussi sèche que la terre du bas-côté de la route. La première chose qu'il ferait en quittant le poste de police, se promit-il, serait de s'offrir un soda bien glacé — et même deux. Mais avant, il avait quelque chose à régler.

— Mick ! Hé, Mick !

Il se retourna. Jessie l'appelait du trottoir d'en face. Elle lui fit signe, puis traversa pour venir à sa rencontre.

— Où étais-tu ? J'ai appelé ta tante il y a une heure, mais elle m'a dit qu'elle ne savait pas où tu étais. Que s'est-il passé ? Tu m'avais promis de m'appeler. Est-ce que ça va ?

— Ouais, ouais, ça va.

Il l'écoutait à peine, l'esprit monopolisé par le poste de police situé un peu plus loin.

— Écoute, dit-il, il faut que j'aille parler à Les Culver et...

— Tu as découvert quelque chose, c'est ça ? Veux-tu que je t'accompagne ?

— Non, répondit Mick très vite.

Trop vite, peut-être. Comme s'il n'avait pas envie de la voir ou qu'il n'appréciait pas son aide.

— Il faut juste... Je dois lui parler seul à seul, tu comprends ? Va donc m'attendre au café. Je te rejoins dès que je peux et je te raconterai tout.

Elle hésitait, le couvant d'un œil inquiet.

— Tu es sûr que ça va aller ?

Mick hocha la tête.

— Tu me promets de me rejoindre au café dès que tu as fini ?

— C'est promis.

— D'accord. Je vais t'attendre.

Elle lui prit la main et la serra.

— Ne tarde pas trop, d'accord ?

Mick sentit comme une brûlure sur sa peau, là où Jessie l'avait touché. Il plongea ses yeux dans ses yeux verts, en essayant d'imaginer le plaisir qu'il aurait à se promener dans la rue avec elle, main dans la main.

— Mick, tu m'entends ?

— Hein ?

— J'ai dit : ne tarde pas. Je veux savoir ce qui se passe.

— D'accord, répondit-il, mais plutôt que de se précipiter dans le bureau de Les Culver, il resta planté sur le trottoir à la suivre des yeux jusqu'à ce qu'elle ait franchi la porte du café.

Il trouva Les Culver assis à son bureau, en train de fourrager dans un tiroir en jurant à voix basse. Son arme de service était posée sur le coin du bureau, à côté d'un chiffon taché d'huile. Il devait s'apprêter à la nettoyer, songea Mick, qui se demanda si, dans sa carrière, Les avait déjà eu l'occasion d'en faire usage et, si oui, combien de fois.

— Je sais que c'est là, marmonna Les Culver. Il releva la tête et prit soudain un air penaud en voyant Mick entrer et pousser la porte, qui resta entrouverte.

— J'avais une ou deux barres de chocolat dans un des tiroirs, expliqua Les. C'est du moins ce que je croyais. Si on m'ordonnait d'enquêter sur leur sort, je n'aurais pas d'autre choix que de soupçonner l'agent Andrekson. Ce garçon a vraiment un faible pour les sucreries — il est pire que moi, et il croit à tort que le contenu de mon bureau relève du domaine public.

Il referma violemment le tiroir.

— Que puis-je faire pour toi, Mick ?

— Je voudrais vous parler de Dan.

Les Culver, étonné, se carra dans son fauteuil.

— De Dan ? À quel propos ?

— Vous avez été appelé sur les lieux ce soir-là, n'est-ce pas ? Le soir de l'accident ?

— Accident ? répéta Les Culver en haussant les épaules. Tu veux dire le soir où le vieux Barry McGerrigle a avalé son extrait de naissance ?

Il se mit à rire.

— C'est de l'humour local, ajouta-t-il.

Il réfléchit une seconde, puis ouvrit un autre tiroir qu'il entreprit de fouiller.

— Ouais, j'y suis allé, reprit-il. Pourquoi me demandes-tu ça ?

Mick n'était pas encore prêt à répondre à cette question.

— Dans quel état était Dan quand vous êtes arrivé ? Était-il conscient ?

— Conscient, oui, et la mâchoire passablement amochée, si mes souvenirs sont exacts. Ton oncle Jim ne l'avait pas manqué.

— Où était-il assis ?

— Assis ? répéta Les Culver qui releva les yeux de son tiroir, perplexe. Personne n'était assis, petit. Ils étaient tous debout, Jim et

Dan, j'entends. Le vieux Barry, lui, gisait sur l'accotement.

— Et qui vous a raconté ce qui s'était passé, Jim ou Dan? demanda Mick à la recherche d'une nouvelle piste.

— Jim.

— Vous n'avez pas trouvé bizarre que ce soit lui qui le fasse, alors que c'était Dan qui était soi-disant au volant et qui avait renversé Barry McGerrigle?

— Pas vraiment, répondit le policier. Dan était pas mal sonné. Il avait bu. Et Jim l'avait cogné dur. Et si tu veux mon avis, il était en état de choc après ce qu'il avait fait. Jim m'a raconté ce qui était arrivé, et nous avons emmené Dan pour le mettre en cellule. Pour le reste, il suffit de consulter les archives.

— Et si je vous disais que les choses ne se sont pas passées comme vous le pensez? enchaîna Mick.

Cette question réussit finalement à attirer l'attention de Les Culver, qui referma le tiroir et se pencha vers lui.

— Où veux-tu en venir, Mick?

— C'est oncle Jim qui a tué Barry McGerrigle, et non Dan.

Mick ne savait pas trop à quelle réaction s'attendre. De l'incrédulité, peut-être. De la stupéfaction. Mais l'attitude du policier le surprit. Les Culver s'adossa dans son fauteuil et se mit à secouer lentement la tête.

— Il n'y avait que trois personnes sur le bord de cette route, dit-il. L'une d'elles était morte, l'autre a comparu en cour et a reconnu son entière responsabilité — et tu sais de qui je parle, petit — et la troisième, c'est ton oncle Jim. Et tu viens me dire que, quinze ans après l'incident, ton oncle t'a soudain avoué qu'il avait commis un meurtre ? Parce que c'est la seule chose qui expliquerait pourquoi tu es venu me raconter une histoire aussi abracadabrante.

Il s'interrompit et examina Mick d'un œil scrutateur.

— Mais il peut y avoir une autre explication, ajouta-t-il.

Mick retint son souffle. Les Culver allait-il le croire ? Allait-il l'aider à faire enfin toute la lumière sur cette affaire ?

— Je suppose, dit Les Culver, que tu dois être devin ou quelque chose du genre... C'est la seule autre façon d'expliquer que tu puisses savoir avec une telle certitude ce qui s'est passé sur une route de campagne, en pleine nuit et avant même que tu sois né.

Et comme tu as tout compris de travers, j'en déduis que tu es un très mauvais devin.

— Et Heck, alors ?

— Quoi, Heck ?

— Il était là aussi, ce soir-là ?

— Ouais, il était là. Saoul comme un cochon. C'est lui-même qui me l'a dit avant de filer.

— Il a vu ce qui s'est passé.

— Il te l'a dit ?

— Il allait me le dire.

— Mmm... Autrement dit, Heck ne t'a pas dit ce qui s'était passé ?

— Il allait le faire. Il m'a dit qu'il y avait quelque chose qu'il ne comprenait pas à propos de ce qui était arrivé ce soir-là.

— Et tu en as conclu que ce quelque chose, reprit le policier d'un ton ironique, c'était que ton oncle Jim avait tué Barry McGerrigle et avait mis le crime sur le dos de son propre frère ? C'est ça ?

Mick hocha la tête.

— Eh bien... qu'est-ce que tu penses de ça, Jim ?

Il s'était adressé à Jim comme si celui-ci avait été là, ce qui n'était pas le cas. Mick aperçut alors le jeu d'échecs sur une petite table derrière Les Culver. Il y avait quelques pièces autour de l'échiquier, preuve qu'une partie était en cours.

Mick se retourna brusquement. Oncle Jim, une tasse de café dans chaque main, entra dans le bureau par la porte entrouverte.

Mick le dévisagea. Depuis quand son oncle était-il dans le poste de police? Qu'avait-il pu entendre?

— Ça alors, commença oncle Jim en secouant la tête d'un air triste. Tu recueilles un gamin que son propre père a laissé tomber. Tu lui offres un toit, de l'excellente cuisine maison pour se remplir le ventre. Et qu'est-ce que tu obtiens en retour? Pas un merci. Non, monsieur. Qu'est-ce qui t'arrive, Mick? Ta mère n'a même pas réussi à t'apprendre ce qu'est la gratitude? Pourquoi essaies-tu de me mettre sur le dos un acte que ton père a avoué avoir commis?

Oncle Jim, en jeans et chemise à carreaux, avec ses avant-bras tannés comme de l'écorce, ses joues rouges et ses yeux d'un bleu perçant, paraissait franc comme l'or et pas plus dangereux qu'un veau naissant. Pourtant, il avait conduit l'auto ce soir-là, et l'histoire qu'il avait racontée à sa femme n'était pas la même que ce que Dan avait lui-même raconté à Arthur Dietrich.

— Si tu écoutais à la porte et que tu as tout entendu, tu dois savoir ce que je pense, lança Mick. Je ne sais pas comment tu as persuadé Dan de dire ce qu'il a dit, mais le fait est que c'est toi qui conduisais l'auto, et qui avais le plus à gagner de la mort de Barry McGerrigle. S'il n'avait pas été tué ce soir-là, ta mère aurait légué ses terres à Dan, et pas à toi.

Oncle Jim rejeta la tête en arrière et éclata de rire comme s'il venait d'entendre la meilleure plaisanterie du monde.

— Peux-tu le prouver ? demanda-t-il enfin à Mick.

Mick plongea son regard dans les yeux de son oncle. Toute lueur amusée avait disparu.

— Le peux-tu ? répéta Les Culver.

Mick aurait aimé pouvoir lui dire d'appeler sa tante Charlene. Mais il ne pouvait rien attendre d'elle. Il ne lui restait donc qu'à récapituler devant Les Culver tout ce qu'il savait. Oncle Jim avait un motif. Deux motifs, même. D'une part, Dan le faisait chanter. D'autre part, il avait découvert que c'était Dan qui allait hériter des terres de sa mère, alors qu'il estimait qu'elles lui revenaient.

Le policier commença à regarder Jim d'un air plus sérieux, et Mick pensa une seconde avoir marqué des points.

— Les, tu ne prends pas ces bêtises au sérieux, quand même ? dit oncle Jim. Allons, tu me connais. Tu m'as fréquenté toute ta vie. Et tu connais Dan, aussi. Vas-tu prêter foi à ces sornettes ?

Mick poursuivit. Dan avait pris le volant quand ils avaient quitté l'hôtel mais, un peu plus tard, il s'était senti mal et avait dû s'arrêter. Quand l'auto avait tourné pour emprunter la vieille route qui passait devant chez McGerrigle, ce n'était plus Dan qui conduisait, mais oncle Jim. C'est lui qui avait décidé de prendre ce chemin. Il savait que Barry McGerrigle y serait à cette heure-là. Et il l'a tué.

— Ridicule, commenta oncle Jim.

Mick concentra toute son attention sur Les Culver.

— Réfléchissez, lui dit-il. Au début, Dan a dit et redit qu'il ne se souvenait de rien. Il n'a modifié son témoignage qu'*après* la visite de son frère au poste de police. Comment un gars assez saoul pour ne rien se rappeler, sur le coup, retrouve-t-il soudainement la mémoire et décide-t-il de reconnaître sa culpabilité ?

Il lui sembla voir quelque chose changer dans l'expression de Les Culver. Le policier tourna vers oncle Jim un regard interrogateur.

— Bien entendu qu'il était saoul, rétorqua oncle Jim. Il avait bu bière sur bière toute la soirée. C'est pour ça qu'il a renversé Barry. Il était saoul et il avait perdu la tête.

Les regarda longuement oncle Jim, puis se tourna vers Mick.

— Écoute, petit...

— Demandez à ma tante Charlene, lança Mick en désespoir de cause.

Il n'était pas sûr de la version qu'elle donnerait, mais il espérait que Les lui fasse dire la vérité.

— Elle sait que Dan ne conduisait pas. Elle sait que c'est oncle Jim qui avait le volant quand Barry McGerrigle a été renversé. Elle sait que Dan était complètement sonné. Il avait probablement perdu conscience au moment de l'accident.

Les Culver fronça les sourcils.

— Charlene était là ?

— Elle me l'a dit. C'est elle qui m'a dit qu'oncle Jim conduisait la voiture. Allez le lui demander vous-même.

— Il dit n'importe quoi, lança oncle Jim. Charlene était à la maison ce soir-là. Tu le sais bien, Les. Tu l'as vue quand tu m'as reconduit chez moi.

— Et comment t'es-tu rendu à l'hôtel pour aller chercher Dan ? demanda Mick. C'est elle qui t'y a conduit.

— Elle m'a emmené et elle est rentrée tout de suite après.

— Elle t'a effectivement emmené mais ensuite, elle vous a suivis parce qu'elle était inquiète de voir Dan conduire et qu'elle avait peur qu'il ne t'arrive quelque chose. Elle vous a vus vous arrêter. Elle a vu Dan aller vomir. Et elle t'a vu prendre le volant. Elle a été étonnée que tu passes par la vieille route pour rentrer. Parce que ça te rallongeait.

Les Culver regardait son meilleur ami d'un nouvel œil.

— C'est vrai tout ça, Jim ?

— C'est complètement faux, répondit oncle Jim en agrippant Mick par le coude. J'en ai soupé de tes sornettes, Mick. Allez viens, je te ramène à la maison.

— Si tu permets, je vous accompagne, dit Les. J'ai quelques questions à poser à Charlene.

— Voyons, Les, tu ne parles pas sérieusement, dit oncle Jim.

Le téléphone sonna. Le policier décrocha et déclina son nom. Puis il écouta longuement son interlocuteur, auquel il répondait à l'occasion par « ah bon ? » ou « je vois ». Il raccrocha, l'air lugubre.

— C'était Charlene, dit-il en regardant oncle Jim. Elle pleurait.

— Elle pleurait ? Pourquoi ? Que s'est-il passé ?

— Elle me demande de venir. Elle veut me parler de la fameuse soirée où Barry McGerrigle est mort. Elle m'a dit aussi quelque chose à propos d'Helen Sanderson. Peux-tu m'expliquer ce qui se passe, Jim ?

Celui-ci resta silencieux. Lui qui avait d'habitude le teint si hâlé devint blanc comme un linge. Il resta figé quelques secondes.

— Il faut que je m'en aille, grogna-t-il en se dirigeant vers la porte.

— Hé, Jim, attends un peu, lança Les Culver qui le rattrapa en deux enjambées et lui agrippa le bras. Je crois que tu ferais mieux de...

Le coup de poing l'arrêta net. Une seconde plus tard, le policier gisait à terre, roulé en boule.

— Ne fais pas ça, cria Mick en voyant son oncle tendre la main vers la poignée de la porte. Il empoigna le revolver posé sur le bureau et le pointa sur son oncle.

Oncle Jim se retourna. Il se mit à sourire en voyant l'arme dans la main de Mick.

— Que comptes-tu faire, Mick ? Me tirer dessus ?

Mick tenait le revolver à deux mains et faisait tout son possible pour paraître déterminé. Il espérait que son oncle ne le voie pas trembler. Jamais il n'avait tenu une arme de sa vie, et il n'était même pas sûr que celle-ci fût chargée. Et si c'était le cas, qu'allait-il faire ? Tirer ? Mais il ne pouvait pas non plus laisser Jim franchir cette porte. Parce qu'une fois dehors, son oncle allait s'enfuir. Il en avait la certitude. Tante Charlene avait déjà avoué à Les Culver que l'histoire qui lui avait été racontée quinze ans plus tôt était un mensonge. Non, il ne pouvait pas laisser son oncle s'en tirer. Il jeta un coup d'œil sur Les Culver, espérant qu'il revienne à lui et prenne la situation en mains. Mais le policier restait immobile.

— Pose cette arme, Mick, ordonna oncle Jim.

Mick tint bon.

— Je ne te laisserai pas partir, dit-il. Je ne peux pas.

Oncle Jim secoua la tête. Le sourire aux lèvres, il s'avança vers Mick, la main tendue.

— Donne-moi cette arme, Mick, avant de blesser quelqu'un.

Mais Mick ne lâcha pas prise.

— Donne ce revolver, Mick !

— Tu as tué Barry McGerrigle. Tu l'as tué et tu t'es arrangé pour mettre ça sur le dos de mon père. Tu as ruiné sa vie, oncle Jim. Tu lui as pris sa terre. Tu as privé ma mère de l'homme qu'elle aimait. Tu as tout fait pour que je n'aie jamais de père. Je ne te laisserai pas partir. Il n'en est pas question.

— Ah non ? fit oncle Jim.

Il referma la main sur le poignet de Mick pour lui faire lâcher l'arme, mais Mick resserra sa prise. Oncle Jim chercha à le pousser, mais il ne céda pas un pouce de terrain, bien décidé à mettre un terme aux agissements de son oncle. Il fallait que ça cesse. Finis les mensonges et les secrets.

Le coup partit dans un bruit assourdissant. Mick contemplait le revolver, à présent dans la main de son oncle : un objet relativement petit, quand on y regardait bien, mais qui pouvait faire un bruit d'enfer.

Puis il sentit ses jambes se dérober sous lui. Il vit du rouge — du sang — et tout devint noir ; c'est simplement ça, mourir, songea-t-il.

13

Oncle Jim. Ce fut la première chose qui traversa son esprit embrumé. Que lui était-il arrivé? S'était-il enfui?

Où suis-je? se demanda-t-il ensuite. Il se força à ouvrir les yeux. Il était à l'hôpital. Mais que lui était-il arrivé? Et pourquoi cette impression d'avoir été coupé en deux par une lame de feu?

Et Les Culver? Comment allait-il? Avait-il été gravement blessé, lui aussi? Était-il encore vivant?

Il ferma les yeux et l'univers se mit à tournoyer autour de lui de plus en plus vite, jusqu'à ce qu'il perde tout contrôle, tourbillonnant sans fin dans une nuit noire comme de l'encre. Il rouvrit les yeux parce qu'on venait de lui enfoncer un fer rouge dans le côté. Il s'éveilla avec un cri au fond de la gorge pour découvrir un visage inconnu qui le regardait avec un vif intérêt. Un médecin. Derrière lui se profilait Les Culver, un peu pâle mais vivant. Mick éprouva un immense soulagement.

Le médecin souleva le drap qui couvrait Mick, écarta la chemise d'hôpital et retira le pansement de gaze recouvrant la blessure qui brûlait tant.

— Ça a belle allure, dit-il en adressant un sourire à Mick. Tu as de la chance. Un pouce ou deux plus bas, et tu avais les intestins en compote. Et crois-moi, ça n'aurait pas été joli à voir. Quant à tes chances de te tirer d'affaire...

Les Culver se pencha au-dessus de Mick.

— Est-ce que je peux lui parler ?

— Je ne vois rien qui vous en empêche, répondit le médecin. Je vous verrai tout à l'heure. Mick, je te promets que tu pourras sortir demain, après-demain au plus tard.

Il lui sourit une nouvelle fois de toutes ses dents et quitta la chambre.

Les Culver tira une chaise près du lit.

— Eh bien, dit-il en secouant la tête et en s'approchant si près que Mick pouvait sentir la chaleur de son haleine sur son visage. Qui aurait cru que tu avais des talents d'archéologue ?

Mick plissa le front. De quoi parlait-il?

— Tu as déterré le passé, poursuivit le policier. Rouvert un dossier vieux de quinze ans. Et tout tiré au clair.

Oncle Jim!

— Où est oncle Jim?

— Sous les verrous. Jamais je n'aurais pensé voir ça un jour. Peux-tu imaginer l'effet que ça fait de jeter son meilleur ami dans une cellule? De découvrir que ton meilleur ami a peut-être commis un meurtre de sang-froid!

Imaginer cela de la part de son meilleur ami? Non. Mick ne le pouvait pas. Mais de la part de son propre père...

— Et tante Charlene? demanda-t-il aussitôt. Comment va-t-elle?

— Elle a fait une déclaration sous serment. Elle est complètement bouleversée, et elle se trouve idiote de n'avoir pas vu la vérité il y a quinze ans.

Les Culver regarda Mick droit dans les yeux.

— Je sais ce qu'elle ressent. Moi aussi, j'avais cru avoir fait mon travail correctement. Un ou deux témoins avaient vu Dan prendre le volant quand il a quitté l'hôtel ce soir-là. Et plus encore l'avaient vu complètement ivre. Je me souviens qu'on a dû réfléchir longuement avant de décider du type d'accusation à porter contre lui — homicide ou homicide involontaire coupable. Dan était une tête brûlée, Mick. Il avait une sale réputation. Ce n'était pas difficile de croire qu'il ait pu commettre un acte aussi stupide.

La douleur dans son côté était si aiguë, si intense, que Mick serrait les dents pour ne pas crier.

— Mais certaines choses me tracassaient un peu, reprit Les Culver. Des détails que je trouvais bizarres. Je me souviens m'être demandé comment un gars saoul au point de ne pas tenir debout, de ne se souvenir de rien, ait pu prendre le volant. J'y ai songé, puis j'ai écarté cette idée parce que... à cause de la réputation de ton père. Et de la version que ton oncle m'avait donnée.

— Et parce que vous n'aimiez pas beaucoup Dan?

Les Culver soutint le regard inquisiteur de Mick.

— À cause de ça aussi, c'est vrai.

Il baissa les yeux et contempla le plancher quelques secondes.

— Ta tante m'a dit aussi qu'elle avait vu Heck Dinsmore ce soir-là. Comme ton père, il était fin saoul et guère disposé à me parler parce qu'il sortait juste de la grange de son cousin.

— Qu'avait-elle de spécial, cette grange ?

— La frontière n'est pas loin. Alf Dinsmore faisait un peu de contrebande à l'époque et Heck ne tenait pas à ce que ça se sache. Le lendemain matin, quand il a eu les idées un peu plus claires, il a voulu venir me voir à mon bureau. Mais il semble que ton oncle Jim l'en ait dissuadé.

— Comment le savez-vous ?

— Ton oncle me l'a dit. Après le coup de feu, il a dû se rendre compte qu'il était coincé. C'est lui qui est allé chercher de l'aide pour qu'on s'occupe de toi. Quand j'ai repris conscience, les ambulanciers étaient arrivés et ton oncle veillait à ce qu'ils ne te fassent pas mal en t'installant sur la civière.

Mick sentit sa tête se remettre à tourner. Sa blessure le faisait de plus en plus souffrir. Peut-être était-il sorti d'affaire, comme l'avait dit le médecin. Peut-être allait-il recevoir son congé de l'hôpital le lendemain. Mais pour l'instant, la douleur lui déchirait le côté, acérée comme une lame qu'on vient d'aiguiser. Il ferma les yeux en se disant qu'il allait se reposer une minute. Juste une minute. Puis, il demanderait à Les Culver ce qui allait bien pouvoir se passer ensuite.

Il ne rouvrit les yeux que le lendemain matin. La douleur était toujours vive, mais il avait l'esprit moins confus et son estomac criait famine.

— Ah, on se réveille ? fit une voix.

Mick tourna la tête vers la porte et aperçut une femme en uniforme blanc entrer avec un plateau devant elle. Un plateau de nourriture. Il essaya de se redresser et grimaça de douleur.

— Attends, dit la femme. Laisse-moi t'aider.

Elle déposa le plateau sur la table de chevet et appuya sur le bouton du lit électrique pour en relever la tête. Puis elle cala un oreiller derrière la nuque de Mick.

— Voilà. C'est mieux comme ça, non ?

Il hocha la tête, plein de gratitude.

— As-tu faim ?

Nouveau signe de tête.

Elle tira la petite table sur le bord du lit de manière à l'installer devant lui. Puis elle ôta le couvercle qui recouvrait le plateau. Jamais un bol de céréales ne lui avait paru aussi appétissant. Même l'œuf dur qui fumait dans une petite coupe le faisait saliver. Il s'y attaqua immédiatement.

— Je ne suis pas médecin, mais il ne fait aucun doute que tu vas beaucoup mieux, déclara l'infirmière.

Mick lui lança un sourire joyeux tout en enfournant un morceau de pain beurré.

— Tu as de la visite, ajouta l'infirmière. Il y en a même une qui attend depuis la première heure. Veux-tu les voir ?

Jessie, pensa-t-il. Il fit oui de la tête.

L'infirmière sourit et sortit de la chambre. Quelques minutes plus tard, Jessie et Sandi apparurent dans l'encadrement de la porte. Jessie avait le visage tout crispé, mais quand elle aperçut Mick attablé devant son déjeuner, elle se détendit.

— Alors c'est vrai, dit-elle. Tu vas vraiment mieux. Je pensais... Oh, Mick, quand j'ai su que tu avais été blessé, j'ai eu si peur.

— Le docteur a dit que je pourrai probablement rentrer à la maison demain.

Mais il n'avait pas fini de prononcer ces mots qu'il ressentit une douleur encore plus cuisante que celle qui lui brûlait le côté.

La maison... quel sens ce mot pouvait-il avoir à présent ?

Jessie vint s'asseoir sur la chaise près du lit et le regarda dans les yeux.

— J'ai des nouvelles pour toi, dit-elle doucement. Des nouvelles de ton père.

Mick repoussa le plateau. Il n'avait soudainement plus faim. Il regarda Jessie, puis Sandi, et se tourna à nouveau vers Jessie.

— Quel genre de nouvelles ? demanda-t-il.

Jessie déplia le journal qu'elle tenait à la main et le tendit à Mick. Ce n'était pas un journal local, mais un grand quotidien.

— Page sept, précisa Jessie.

Page sept. Son cœur se serra. On parlait de Dan dans la presse. Cela ne présageait rien de bon. Il avait vu le nom de son père à deux reprises dans les journaux, dans la section crimes et faits divers. Un homme arrêté... un homme condamné...

— Attends, je vais te le montrer, dit Jessie, voyant que Mick n'avait pas fait un geste pour lui prendre le journal. Elle déplia complètement le journal et le replia de manière à ce que Mick puisse le manipuler sans peine.

— C'est là, dit-elle.

À contrecœur, il jeta un œil sur le titre du bref article. Démantèlement d'un réseau de voleurs d'autos. Il parcourut les quelques paragraphes. La police avait réussi à infiltrer puis à démanteler un important trafic de voitures volées, mais l'article ne mentionnait le nom d'aucun des criminels arrêtés. Comment Jessie avait-elle pu savoir que Dan était mêlé à cette histoire? Il fronça les sourcils.

— Je ne comprends pas.

— Mick, ton père y a participé.

— Fantastique, commenta-t-il d'un ton lugubre.

— Ce que Jessie veut dire, intervint Sandi, c'est que ton père a aidé la police à démanteler ce réseau.

Elle indiqua en bas de l'article une ligne où l'on mentionnait la contribution d'un informateur.

— Les a parlé avec les policiers de la communauté urbaine, expliqua-t-elle. Ton père a joué un rôle clé dans ces arrestations. Il a même sauvé la vie d'un policier pendant l'enquête. Tu dois être fier de lui, Mick.

Mick se remit à lire le bref article. Quand il releva la tête, il rencontra le regard de Jessie qui lui souriait.

— On dirait que ton père est devenu une sorte de héros, dit-elle. Incroyable, non?

Où était-il? se demanda Mick. Quand allait-il revenir à Haverstock?

— C'est Les qui a appris tout ça en appelant la police là-bas pour leur demander de retrouver la trace de ton père, expliqua Sandi. Il voulait informer Dan de ce qui s'était passé ici.

— Et?

— Ils lui ont dit qu'ils n'arrivaient pas à le rejoindre.

Dépité, Mick se laissa retomber sur son oreiller. Le journal lui tomba des mains.

— Apparemment, ajouta Sandi, il doit déjà être en route.

Deux heures plus tard, Dan faisait irruption dans la chambre. Il se précipita vers le lit et saisit Mick par les deux épaules, le geste le plus affectueux qu'il lui ait jamais manifesté.

— Tu vas bien, Mick? Si j'avais su... Quand je t'ai amené ici, je savais bien que tu n'aurais pas la vie facile. Mais je ne voulais pas que ces salauds essaient de m'avoir en menaçant de s'attaquer à toi.

— Ces salauds... tu veux dire les trafiquants de voitures volées?

Dan fit oui de la tête.

— Il fallait que je te planque dans un endroit sûr au cas où les choses se seraient envenimées.

Il eut un sourire amer.

— Quelle farce ! Je te laisse ici pour que tu sois en sécurité et c'est mon propre frère qui te tire dessus. Je suis désolé, Mick. Si j'avais eu la moindre idée de ce qui pouvait se passer, jamais je ne t'aurais emmené ici. J'aurais dû te laisser chez ces gens... ton architecte. Comment s'appelle-t-il déjà ?

— Monsieur Davidson.

— C'est ça. Il ne te serait jamais rien arrivé avec lui.

Mick regardait l'homme assis près de son lit. Dan Standish, le champion de la gaffe. Un homme qui avait passé plus de temps en prison qu'en liberté, et tout ça à cause d'un acte qu'il n'avait pas commis.

— Je vais bien, le rassura Mick. Le docteur a dit que ce n'était pas grave.

— Il a dit que tu avais eu de la chance, le corrigea Dan. Il semble que tu sois bien le fils de ton père, après tout, à flanquer une telle pagaille dans la famille qu'ils finissent par te tirer dessus !

Mick sourit.

— Est-ce que Les Culver t'a expliqué ce qui s'est passé?

Dan hocha la tête.

— J'ai de la peine à croire que Jimmy ait pu me faire ça, dit-il enfin. Je sais bien qu'il me considérait comme un bon à rien. Mais de là à me coller un meurtre sur le dos!

Il secoua la tête.

— Je ne comprends pas, dit Mick. Pourquoi as-tu plaidé coupable pour quelque chose que tu n'avais pas commis?

Dan resta silencieux.

— Pourquoi ne t'es-tu pas défendu? insista Mick. Pourquoi ne leur as-tu pas dit la vérité?

Dan poussa un soupir.

— La vérité? Mais je n'en avais justement aucune idée, de la vérité. Je me souvenais avoir pris le volant. Je me souvenais être sorti du terrain de stationnement de l'hôtel à cent à l'heure. Du moins, c'est l'impression qui m'était restée. Mais après, plus rien, le trou noir. C'est Jim qui m'a dit ce que j'avais fait, et que j'avais intérêt à ne pas tricher et à raconter à la police exactement ce qui s'était passé : j'étais saoul et j'avais heurté Barry McGerrigle accidentellement. Il m'a dit que lui et toute la famille en avaient par-dessus la tête de moi, de mon comportement, de mes bêtises continuelles, et que si je n'assumais pas la responsabilité de ce que j'avais fait, si j'essayais de me défiler, il irait dire à la police que j'avais tué le vieux Barry intentionnellement. Il m'a expliqué que ce n'était pas un accident, que c'était un meurtre.

Dan hocha la tête.

— Il était là, dans ma cellule, et il m'a dit : « Pour moi, ce n'était pas un accident, Danny. Si on m'obligeait à parler sous serment, je serais obligé de dire la vérité — de révéler que tu l'as fait exprès. » Et puis il a ajouté que si j'apprenais ma leçon et que je prenais l'entière responsabilité de ce qui s'était passé, il ne serait jamais obligé de témoigner sous serment.

— Tu veux dire que si tu acceptais de plaider coupable, il garderait ça pour lui ?

Dan fit oui de la tête.

— Je croyais qu'il me rendait service en me laissant plaider coupable à une accusation moins grave. En fait, je lui étais très reconnaissant de payer ma caution après tous les ennuis que je lui avais causés. Et j'apprends maintenant que c'était lui le coupable. Que c'était lui qui avait tué Barry McGerrigle.

Dan se leva brusquement et alla à la fenêtre. Il resta quelques minutes à regarder le paysage, puis se retourna, les yeux brillants de larmes.

— J'aimerais tant que ta mère soit encore là, dit-il. Elle a toujours refusé de croire que j'aie pu commettre ce que j'avais reconnu avoir commis. Elle disait que c'était impossible, que ça ne me ressemblait pas.

Il eut un rire amer.

— J'aimais ta mère, Mick, mais je me disais parfois qu'elle était encore plus folle que moi en faisant confiance à un ivrogne qui ne se souvenait de rien, plutôt que de croire mon grand frère, si sobre et si responsable.

Mick hocha la tête. Il comprenait parfaitement ce que Dan pouvait ressentir.

Dan prit un mouchoir sur la table et se moucha. Mick ne l'avait jamais vu aussi bouleversé.

— Je t'ai raconté ce qui s'est passé ici, dit Mick. À ton tour à présent. Je veux tout savoir de tes aventures. Qu'est-ce que mon père a bien pu faire pour devenir le héros du jour ?

Mon père... ces mots semblaient étranges dans sa bouche — il ne se souvenait pas les avoir prononcés souvent. Dan lui jeta d'ailleurs un regard étonné.

— C'est une histoire sans intérêt, répondit Dan. Tu veux vraiment l'entendre ?

— Absolument. Avec tous les détails.

— Eh bien, fit Dan, tout a commencé quand ce type que j'avais rencontré en prison s'est mis à faire pression sur moi. Il voulait me mettre en contact avec des gars qu'il connaissait...

Mick s'adossa contre son oreiller et écouta Dan raconter toute l'histoire. En regrettant que sa mère ne soit plus là pour l'entendre, elle aussi.

Trois hommes se tenaient debout, les mains dans les poches, devant la maison du vieux Bill. L'un d'eux, oncle Buddy, poussait négligemment les cailloux du bout de son soulier. Le deuxième, le vieux Bill, se balançait d'avant en arrière, en se dressant sur la pointe des pieds pour redescendre sur les talons. Quant au troisième, Dan, il regardait au loin, derrière la petite maison, vers la rivière qui serpentait en contrebas, étincelante sous le soleil de l'après-midi.

— Je suis navré pour Jim, dit Dan.

C'étaient bien les derniers mots que Mick aurait prononcés s'il avait été à la place de Dan ! Ce qui était navrant, c'était que Jim ait menti pendant des années et que tante Charlene, la seule personne qui aurait pu changer le cours des choses, ait été aveuglée par sa loyauté envers son mari.

— Pensez-vous que Charlene va tenir le coup ? demanda Dan.

— J'espère que oui, répondit Buddy sans même regarder son frère.

Dan hocha la tête et se tourna vers le vieux Bill.

— Bon, dit-il, il faut qu'on se mette en route, Mick et moi. Merci d'avoir pris soin de lui.

Il tendit la main à Bill. Celui-ci la regarda un moment puis, sans cacher sa réticence, daigna tendre la sienne à son fils.

— C'est Jim qui l'a hébergé chez lui, dit le vieux Bill. C'est lui qui a gardé un œil sur Mick.

C'en était trop ! Ils traitaient encore Dan comme une espèce de criminel, en lui laissant entendre qu'il aurait mieux fait de ne jamais remettre les pieds à Haverstock.

— Jim est un assassin, lança Mick à son grand-père et à son oncle. Jim a ruiné la vie de mes parents.

— Calme-toi, Mick, dit Dan en lui posant la main sur l'épaule.

Mick se dégagea. Il ne voulait pas se calmer. Il n'allait pas rester là à sourire sans rien dire et à faire comme si oncle Jim était la crème des hommes.

— Ma mère n'a jamais cru que Dan ait fait quoi que ce soit de mal, dit-il. Peut-être que si vous aviez accordé à Dan ne serait-ce que la moitié de cette confiance, les choses auraient été bien différentes. Y avez-vous jamais pensé?

Les deux hommes, des étrangers pratiquement, le dévisagèrent, ébahis, puis ils détournèrent les yeux; l'un se replongea dans la contemplation des cailloux et l'autre leva le nez vers le ciel en continuant de se balancer sur ses talons.

Dan pressa l'épaule de Mick.

— Il faut qu'on y aille, dit-il. On a une longue route à faire.

Ils se dirigèrent vers l'auto et s'apprêtaient à y monter quand une camionnette s'engagea dans l'allée. Sandi et Jessie en descendirent, le sourire aux lèvres. Dan leur rendit leur sourire. Mick n'avait jamais vu Dan avoir l'air aussi heureux. Il arborait la même expression que la veille au soir, quand Sandi les avait invités à souper chez elle. Après le repas, ils s'étaient tous installés sur la galerie et avaient parlé. En fait, c'est Sandi qui avait animé presque toute la conversation. Dan s'était adossé contre le dossier de la grande balançoire et l'avait regardée toute la soirée, un sourire fendu jusqu'aux oreilles comme à présent.

— Je vous ai préparé quelques sandwichs pour la route, dit Sandi en tendant à Dan un sac en papier brun de la dimension d'une valise. Et puis du gâteau et des fruits, ajouta-t-elle.

Dan se mit à rire et Sandi rougit.

— Mais c'est un long trajet, se défendit-elle.

— Pas assez long pour t'empêcher de le faire, toi aussi, de temps en temps, lui répondit Dan. Je te montrerai toutes les choses qu'il y a à voir là-bas.

— Ne le répète pas deux fois, lança-t-elle.

Mick se tourna vers Jessie.

— Tu vas me manquer, Mick Standish, lui dit-elle.

— Tu sais, ce n'est pas aussi loin que Sandi a l'air de le croire, dit-il. Toi aussi, tu peux venir nous rendre visite.

— Et toi, rien ne t'empêche de revenir ici. Je sais que Sandi t'offrira l'hospitalité.

— Allez viens, Mick, dit Dan. Il est temps de partir.

Mick hocha la tête à regret. Il n'avait pas du tout envie de s'en aller. Jessie le prit par la main, le conduisit jusqu'à l'auto et lui ouvrit la portière. Puis elle se pencha et l'embrassa sur la joue. Il se sentit soudain tout étourdi.

— Ce n'est vraiment pas si loin, répéta Jessie.

Dan mit le contact et démarra. Il jeta un coup d'œil à Mick.

— Je sais que notre vie n'a pas été facile, toutes ces années, Micky. Mais tu vas voir, à partir d'aujourd'hui, tout va aller mieux.

Mick hocha la tête.

— J'en suis sûr, Papa.

Les titres de la collection Atout

* Lecture facile   ** Lecture intermédiaire   *** Lecture difficile

Suivez-nous

GARANT DES FORÊTS
INTACTES

Réimprimé en octobre 2012
sur les presses de l'imprimerie Gauvin
Gatineau, Québec